姑娘，
你野心勃勃的样子
真美

三月鱼 × 著

有人相信运气，
可我只信因果。

在自己的身上，
克服这个时代。

百花洲文艺出版社
BAIHUAZHOU LITERATURE AND ART PRESS

图书在版编目（CIP）数据

姑娘，你野心勃勃的样子真美 / 三月鱼著 . — 南昌：
百花洲文艺出版社，2017.9（2019.2 重印）
ISBN 978-7-5500-2405-2

Ⅰ . ①姑… Ⅱ . ①三… Ⅲ . ①散文集－中国－当代
Ⅳ . ① I267

中国版本图书馆 CIP 数据核字（2017）第 206537 号

姑娘，你野心勃勃的样子真美

三月鱼　著

出 版 人	姚雪雪
责任编辑	袁 蓉 李 瑶
特约策划	寒 江
特约编辑	寒 江
封面设计	仙境书品
出版发行	百花洲文艺出版社
社 址	南昌市红谷滩新区世贸路 898 号博能中心 A 座 20 楼
邮 编	330038
经 销	全国新华书店
印 刷	三河市金元印装有限公司
开 本	880mm×1230mm 1/32
印 张	10
版 次	2017 年 10 月第 1 版 2019 年 2 月第 3 次印刷
字 数	197 千字
书 号	ISBN 978-7-5500-2405-2
定 价	39.80 元

赣版权登字 05-2017-352

邮购联系　0791-86895108
网　 址　http://www.bhzwy.com
图书若有印装错误，影响阅读，可向承印厂联系调换。

目 录
contents

Part 2 你的坚持，终将成就你的美好

Part 4 围得住，守得了，才能花香满园

Part 5 一个人的诗和远方

Part 1

把自己宠爱得像女神，
你才能光芒万丈

姑娘，你野心勃勃的样子真美

去年秋天，我在朋友圈看到小敏发的状态：重回校园的感觉真好。

我的第一反应是她考上了博士。打电话给她，果然如此，她已经考上了经济学专业的博士——在她硕士研究生毕业7年之后。

祝贺她之余，我对这个野心勃勃的姑娘满怀感慨。

小敏是我的高中同学，高二高三的两年，我们两个一直同桌，在宿舍睡上下铺，两人见证了彼此最美的也是最难熬的那段时光。

小敏的成绩一向很稳定，考个本科是没有问题的。不幸的是，偏偏高考那两天，她感冒发烧了，状态不好，考出来的成绩与平时大相径庭。

我们都以为她会复读一年，毕竟她只是运气不好，实力还是有的，并且，她心目中的大学一直都是本省重点的那几所。

遗憾的是，她没能去复读，因为家人劝她：算了吧，你没那个命，怎么偏偏就考试那两天病了啊，明年也不一定就能考上好大学，浪费一年干吗，女孩子能上大学就不错了，算了吧。

家里经济条件也不好，还有弟弟在上学，爸妈是真无心再让她去复读了。她只好接受了所谓命运的安排。

不过我更没想到的是，小敏并没有很伤心。她对我说：只要努力，我相信我一定可以考上本科的。既然复读和不复读我都能考上本科，那么何必要浪费一年呢，这样也好，我可以去体验不一样的生活啊！

这话说得我无力反驳。我永远都记得，当时她说那些话的时候，眼睛里闪着亮晶晶的光芒。

多年以后，我才明白，那些光芒就是小敏的小野心啊。她有梦想，怎么会轻易放弃！哪怕道路崎岖，她都要设法到达。

读了专科，很多同学都在混日子，而小敏没有。她依然保持着高中时候的学习习惯，劲头十足。宿舍的女生们都在忙着谈恋爱、约会、旅游，享受着大学美妙的时光，只有小敏像一个苦行僧一样，几乎每天早起晚睡，没事就去图书馆泡着。

她是她们班上第一个考过英语四、六级的人，也是她们班上为数不多的专升本成功的。

我本来以为小敏只是为了达成她的本科梦想，谁知道，她还有个目标是考研。并且幸运的是，她考上了。

说幸运，其实也不是幸运，因为她时刻都在准备着。就像我一直了解她是个有点野心的女孩，我明白她的野心会支撑她走得更远。

研究生毕业后，小敏通过自己的努力又考上了公务员。真是让人惊叹不已。

在我们看来，她很圆满了，工作不错，待遇也不错。简直就是另外一种学霸的成功之路。我以为她会就此安定下来。

事实上，她确实安定下来了，找了个公务员老公，日子过得和和美美的。

然而，一成不变、波澜不惊的生活，对于小敏来说，是没有吸引力的。她不止一次对我说，其实她并不喜欢这样的生活，太单调，如果有机会她还想挑战自己一把。

机会终于来了，怀孕的时候，因为身体状况不是太好，小敏提前请假休息。

对于一个有野心的人来说，天天闲着才是最大的折磨。小敏又想起来自己的博士梦。以前她就特别想做一位女学者，留在大学校园里。考公务员是家人的希望，但不是她自己喜欢的。

趁现在还有机会，小敏的小野心又出来"蛊惑"她了。那段时间，她边养胎边学习。

老公和其他的家人，都觉得她现在的工作挺好的，没必要折腾了，好好休养，静待孩子出生就好了。

但是小敏偏不。学习的时候，她拿出了曾经的"拼命三郎"的劲儿。特别累的时候，她也会想，自己这么辛苦是为了什么，毕竟现在她该有的都拥有了，在别人眼里她已经很幸福了。

随后她就明白了，因为自己有野心，还有梦想未实现，不甘心这么早臣服命运。

小敏生下孩子不久，就进了考场。最终以笔试第二、面试第一的成绩被录取了。

现在的小敏，边带娃边享受她的校园时光，高中同学群里，大家都很佩服她，视她为女神，觉得她很励志，是我们学习的榜样。

就像小敏自己说的，她在外人的眼里是励志典范，对于她自己而言，一直是她的野心在引导她、鼓励她。

虽然在很多人看来她的野心有点不切实际，但正是她的野心，支撑着她一步一步实现了自己的梦想。

所以，面对小敏，我有很多感慨。女性朋友们必须要有点野心才行啊，这点野心，能让你跨过所谓的艰难险阻，到达你想要到达的地方。我们不能听信那些"女孩子差不多就可以了"的话，那只会让我们日渐庸俗，最后成为连自己都厌恶的大妈。

我没有小敏那么爱学习，野心也不足，大学毕业，第一次考研失败后，我就参加了工作。

很长一段时间，我都找不到自己的方向。我学的是新闻专业，毕业后，我的同学有些做了记者，有些进了电视台，也有很多的人转行从事文职。而我一路磕磕碰碰，做了好几份工作，特别不顺利，也很迷茫。

直到一个偶然的机会，我去了一家杂志社做编辑。我才明白，原来我的心中是有一个文学梦的。

从小我的作文就写得不错，那时候最大的愿望就是有一天我的文章能够登上杂志。

多年之后，我做了编辑，审读和修改别人的文字。在这个过程中，我不断地学习，突然有一天，我像开窍了，会写文章了。

那时候我的梦想就是有一天能出一本自己的书。

那个梦想看起来很遥远，说是野心一点儿也不为过。但因为有这点儿野心，我就更努力地写文章了。

写着写着，感觉越来越好了。虽然那时我的文章还局限在 QQ 空间里，但得到的好评很多。积极鼓励我的人也很多，我的信心也在此基础上一点点建立起来了。

后来，我辞掉杂志社的工作，去了北京闯荡。刚开始的时候，我没有找到合适的工作，朋友帮我介绍了一个活儿，就是给别人写书稿。

2009 年冬天到 2010 年春天，整整两个季节，我都在国家图书馆"奋战"。

因为没有别的工作做，我只有努力去做手头的。中间有一个月，我平均每天要写六千到一万字。因为写的不是我喜欢的内容，也不是我擅长的，很多时候，我写着写着，就痛苦得想哭。可是为了生存，为了稿费，我咬咬牙还得忍着。

我心里恨得不行，恨完又在想，要是我能出一本自己的书就好了，那本书，一定要写我自己喜欢的内容，没有强迫，没有任务，而是我真心地写出来的文字。

想完，我又觉得自己是在做梦。眼前还有一堆书稿，等着我去完成，只有拼命地去写，才能早点儿交稿子。

这段痛苦且难忘的时光过去之后，我又去做了杂志编辑。那时候我开始在报刊上发表一些小短文，稿费足够自己零花，日子也过得很滋润。

后来我结了婚，怀孕之后，变得慵懒起来，文章写得不多。但是每当午夜梦回，我都会想起来，我心中的那个梦想。

生完孩子，我重新开始写作。一方面是为了挣点奶粉钱，一方面是自己心中的那点小野心在作祟。

老公不止一次地说，让我看好孩子，出书什么的，在他看来都是遥不可及的事情。他甚至说，我又不是养不起你和孩子，你那么拼干什么？

家人们也都认为，女人嘛，日子过得差不多就行了，又没有谁规定你非要有多么大的成就。

不过我可不上他们的当，并且我也有点不甘心，我曾经写了好几本书，连个署名都没有，我希望有机会自己能出一本。

去年5月重返职场之后，我开通了微信公众号，每天坚持写一篇文章，督促自己好好练笔。

工作虽然不是特别忙，但每天也被填得满满的，回家后还有孩子等着陪伴。有很多时候真的坚持不下去了，可是我的"野心"让我不要停下来。那段时间，我在上下班的公交车上找选题，抱着手机码字。

突然有一天，我的一篇文章被"十点读书"转载了，让我觉得很开心。但文章被更多的人阅读，倒是给我增加了压力。因为我觉得我写得还不够好，跟那些大咖相比差距还很大。我只有更努力地写了。

越写越多，也越写越好，被转载的篇数和次数也随着增加了。后台的很多留言也给了我鼓励，让我坚持好好写下去。

我没有想到，又是突然的一天，一个一直关注我的公号的编辑找到我，问我想不想出书。

出书？

我当然想，我努力了这么久，才走到这一步。我立即答应编辑好好配合。

在编辑的指导下，我把文章都修改了一遍，很快就整理出了初稿。编辑看后，又让我修改了一遍。我毫无怨言地又按照编辑的意见修改了一遍。看着文章越来越好，心里感觉非常美。

听到编辑说可以了时，我长长地舒了一口气。离梦想越来越近了！

我用了差不多 10 年的时间，终于听到了梦想开花的声音。

我感谢那个努力的自己，感谢那个有小野心的自己，才让我一点点蜕变，一步步走到今天。

努力那么美！野心勃勃那么美！辛苦的每一天，都那么美！

姑娘，别自弃，别听他人说三道四，你野心勃勃的样子最美！

只有经历千疮百孔，才能抵达云淡风轻

有位朋友问我："你有没有经历过最倒霉的时候？就是干什么都不顺利，仿佛掉进一个负能量的磁场，怎么也走不出来，坏事情接二连三地出现。"

有啊，怎么会没有！那种喝凉水都塞牙的心境，我当然体验过。不过很幸运，我都挺过来了。这种"中大奖"的感觉，我的死党小思体会会最为深刻。

我和小思是大学室友，臭味相投，连倒霉的经历似乎都一样。

大学毕业的那一年，小思考研失败，但她不甘心，工作了两个月，还是决定继续去圆自己的考研梦，不再试一次，怕自己以后会后悔。

然而，第二年她依然输得很惨。

我们都知道她很努力，但是结局却让人不能满意。有时候并不是付出了就有收获。

在沉重的打击下，小思南下广州，应聘到一家小报的分社上班。还没过试用期，她就走人了，因为待遇太低，低到养不活自己。小思这时才知道，社会现实比考研还残酷，甚至关系到死活，没钱吃饭不就饿死了吗？

经过几番应聘，小思终于进了一家IT公司，做文案，工资不高，但是可以养活自己。她学得很专心，上手很快。但是试用期快要结束的时候，领导告诉她，她不适合这个职位，让她离开。小思满心的不服气，凭什么啊，我哪里做得不好了？但是，跟领导无道理可讲。后来还是有好心的同事私下告诉她，是因为有个领导要安排自己的亲戚来代替她。

即将再一次失业的时候，她拨通了男友的电话，准备向他诉诉苦。她不知道的是，后面的苦还更多呢！电话里，男友提出分手，理由是他们不合适。后来她才知道，男友是和自己的闺蜜劈腿了。

挂断电话，外面电闪雷鸣，地动山摇，房间里密不透气，因为一个人租住在顶楼的单间，楼间距又太近，尽管是炎热的夏天，她也不敢开窗。

雷声一阵比一阵大，小思那一刻心如死灰，只想雷再大点，连带着自己也一同毁灭吧，这样自己就不必承受这样的痛苦。

可是雷声渐渐小了，窗外的风雨声越来越大，她再也忍不住，号啕大哭，借着风雨的遮掩。

第二天，带着两个红桃子眼睛，她还是去上班了，她平静地和新人做完最后的交接。

经过一夜的痛哭，她想明白了，就像暴风雨之后，所有的花草树木还要存活，人也一样，只要活着，总得走下去。

她重新挤进了人才市场，再一次出征。然而，广州这个地方，人才太多，好像没有她的立足之地，她两个月都没找到合适的工作。马上没钱吃饭了，她不得不撤回自己家乡的省会城市。

好歹自己是省里的名牌大学毕业生，这里总不会像广州那样不接纳自己吧，她这样想着，投了很多份简历出去。

确实，新工作找得很顺利，她很快又去上班了。但是，这次还是只干了 3 个月。因为她不愿意被调去业务部，只想安心地做一个编辑，老板当即让她离开。那天晚上收拾东西的时候，她强忍着眼泪。

她知道自己还太年轻，职场的很多规则她都不懂，所以离职是必然的。回来后，她强颜欢笑去参加了一位同学的婚礼。只是在回程的汽车上，她哭得稀里哗啦。

那时候离过年还有两个月，小思觉得这一年简直是糟糕透了。或许自己以前的人生太顺利了，所以刚毕业，上天就给自己来了个下马威。

收拾好心情，她又报名了考研，每天都去上自习，拼命地学习。这次她虽然考得很好，可是复试的时候那个专业只录取十个人，她是第十一名，又落榜了。

这时小思已经哭不出来了，社会真残酷啊，过去的一年仿佛是过了 10 年。

春天来的时候，她变得平静了，接受了残酷的现实，准备重新开始。就像冬天过去了一样，小思的坏运气也终于结束了，这次她进了一家杂志社，从小编辑做起，爱上文字，每天夜里听着音乐码字，就是她最大的快乐。

这时候，她得知劈腿的男友和闺蜜分了，但她也没有开心的感觉，只是觉得这是两个再平凡不过的路人甲。

小思经过一年的被虐，成熟了很多。用她自己的话说就是，你不被虐，怎么会发光。

后来，我也遭遇失恋，遭遇失业，遭遇生活中的种种不如意。

每次我找小思吐槽的时候，她总是很冷静，一针见血地指出我的问题所在。

我感谢她对我的帮助，她总是说，你要知道，你现在经历的事情，我都经历过了，当时我多么希望能够有个人来引导我一下啊，可惜谁也帮不了我，我只能靠自己。好在，我走过来了。有时候我回忆那一年，那个遭遇失恋失业双重打击的自己，我都很感谢那段最糟糕、最倒霉的时光，因为正是它们让今天的我，不再恐慌，不再忐忑。

现在的小思已经出了一本畅销书，她正在为自己的第二本书努力，她有了新的爱人，活得明媚阳光。

或许因为曾经在低谷徘徊，小思面对今天的这一切都十分淡然。不管在我们看来多么大的事情，她都能够超乎寻常地冷静应对。

每次在坏运气来临的时候，我总是会想起小思的经历，我觉得比起她来，我所经历的都算不得什么，既然她能走过去，我肯定也能。

我不记得在哪里看到过一句话：或许只有经历千疮百孔，才可以抵达云淡风轻。

我想小思今天的云淡风轻，完全来自她过去经历的那些千疮百孔。

或许有人会不以为然，觉得自己比曾经的小思更糟糕，但是亲爱的你，也请回头想想，那段最难熬的时光，是否成就了今天的你呢？

失败不一定是你的错，但不努力肯定是你的错

上网随意浏览新闻时，我看到两则比较有意思的国外快讯。

一则是，美国名校普林斯顿大学一名教授把自己的"失败简历"挂在网上，安慰和勉励那些因遇到挫折而气馁的学生。

这名教授，在人们眼中是一名成功人士，他拥有哈佛大学、牛津大学的学历，还有许多优秀的工作经验，获得过许多耀眼的奖项。很多人觉得他这么成功，一定是顺风顺水的，其实不然，他也失败过很多次。

这位教授说，这个世界有时很随机，失败对谁也在所难免，所以没啥好失望的，继续努力就好了。所以现在他可以晒自己的失败，豁达通透。

另一则快讯，讲的是一位印度的老太太，在 72 岁高龄和自己 79 岁的丈夫尝试了两年的试管婴儿后，成功地生下了一个健康的男孩。

让我震撼的是老人的手和孩子的手，一双手长满了老年斑，一双手肉乎乎的，我不知道该不该说母爱很伟大。但是这么大年

纪的母亲，肯定会引起人们的指责，毕竟她的生命已经是在倒计时，而孩子刚刚出生，她能够做一名合格的母亲陪伴他长大吗？

面对人们的指责，这位母亲只是表示她的人生因为有了这个孩子而变得完整。

人的一生，会遇到各种各样的事情，我们每个人都失败过，失败是与我们相伴相随的。也可以说，失败就像是一个顽皮的孩子，说不定下一秒就会蹦跶出来吓唬你一下，关键是，你会不会被它吓唬住。

就像第二则新闻里面的那对老夫妻，结婚46年，都没有孩子，但是他们一直抱着坚定的信念，在70多岁的时候，通过试管婴儿，也圆了自己当父母的梦。

在过去的40多年，也许对孩子的渴望，让他们每一天都会有点小失落、小挫败，但是也并不妨碍他们继续走下去。走下去就有希望，尽管这份希望来得有点晚，但是在他们有生之年，还是享受到了做父母的乐趣。

抛弃养育方面的问题，他们也是成功的。在过去那漫长的岁月中，他们一直没有孩子，谁能说，这是他们的错？

有时候，很多事情，不过是机缘巧合罢了。

就像第一则新闻里面那位教授说的，这个世界上的失败和成功，具有很大的随意性。有时候并不是尽力了就能成功，但是不尽力，一定是成功不了的。

几年前，我所在公司的老总是一名职业经理人，玉树临风，事业有成。

这样的一个人，你很难想象，很多年前，他只是服装市场上一名很普通的小贩，批发服装，在夜市售卖，赚到第一桶金，然后开起了自己的服装店。后来生意好了，有了自己的服装厂。

再后来，他的服装厂垮了，他辗转给别人打工，慢慢地成了一名优秀的职业经理人。

真是不可思议，原来他的过去是那样的，有过成功，也有过很多的不堪。

有一次闲聊的时候，老总和我们聊起了他过去的创业经历，谈到自己辛辛苦苦赚到的钱，最后因为服装厂倒闭，全部赔了进去，那时候他很痛苦。而他的爱人跟他说，失败并不是你的错啊，这是很正常的事情，早点儿失败比晚点儿失败好，失败了才能长教训，才能为接下来的成功更好地努力。

听完妻子的话，他想想也是，自己办厂子，已经尽心尽力了，失败谁也不想，但是遇到了，那就接受吧。所以调整心态后的他，能够很快地振作起来。

在很久之后，我们看到的只是成功的他，衣着光鲜，事业有成。曾经的失败，藏在暗处，也很好地成就了他。一条路走不通，未必没有其他的路可以走。

想通了一样往前走。

我有一位好朋友，大学毕业那年考研，分数过线了，但在面试环节被人为地弄出了问题。她不服气，就一边找工作，一边继续考研。然而,她的男朋友看不下去了,觉得她不安分,想法太多,竟然提出分手。考研和工作都还没着落呢,男友又要分手,她觉得像受到了诅咒一样。

分就分吧,谁也别勉强谁,他们和平分手了。

之后,她边工作边复习,很辛苦的一段日子。每天下班后,出租屋里,她复习到深夜,早晨顶着熊猫眼去上班。周围的同事下班了约逛街,买漂亮的衣服,而她什么也顾不上,全部的时间都花在学习上。

功夫不负有心人,第二次考研,她很成功,是报考的那所大学那个专业笔试成绩的第一名。再后来,当然命运都不一样了。

有一次,她鼓励我的时候,告诉我了过去这段很失败很失望的经历。

她说,后来她总算想明白了,第一次考研面试环节的问题,并不是她的问题,所以不是她的错;男朋友和她分手,她控制不了,更不是她的错;工作不顺利,也是难免的。想通了,世界一片明朗。

很多时候,失败的时候,我们都喜欢找原因,最后没有原因的时候,很多人都会归结到自己身上,可是很多事情,失败并不是你的错,你尽力了没有收获,也很正常。这些都不过是上天给你的一点小考验罢了。

通过考验的人,继续努力,肯定会得到自己想要的!

你的坚持，终将成就你的美好

朋友莎莎是个特文艺范的女青年。她最喜欢的事情是休息的时候坐在咖啡店里，看窗外的人来人往。那时候，店里放着不知名的舒缓的曲子，阳光透过大大的玻璃窗照进来，空气中飘浮着咖啡和蛋糕的香味儿。人的心，可以在这样美好的时光中肆意地徜徉。

她不止一次地告诉我们这帮好友，将来一定要开一家这样的小店，除了满足自己，还可以赚点小钱。

我们都以为她只是说说，毕竟她是一家世界 500 强公司的策划总监，在这个城市，收入还是不错的。

今年春天的一天，我接到莎莎的电话，她开口就是：姐们儿，我的咖啡书吧，这周六开张，你们都来给我捧场吧。地址在某某电影院旁边，到时候顺便请大家一起去看电影，咱们姐妹好久没有聚了。

周六上午，我们如约而至。因为那天是试营业，莎莎只邀请了自己的一众好友。

看着装潢典雅精致的小店，各种绿植分布其中，一派生机盎然，还有大大的柔软的棕色沙发和抱枕，在这样的氛围下，我们情不自禁地放松下来。

我问莎莎，你怎么舍得辞掉你的工作来创业，家人支持吗？

　　莎莎说，他们从来就没有支持过我啊，都说我瞎折腾。我老公，不同意我辞职，觉得我辞职了他压力很大，要是店亏了，我们那点老本很快就要被吃光了。我父母天天劝我，不要辞职，毕竟我的工作，除了辛苦点，收入和福利真的还是不错的。他们也害怕，我折腾到最后一无所有。

　　我对他们说：不管最后结局如何，让我先试试。就算创业失败了，我以前的工作经验还在，出去找工作，收入也不低。也许一不小心就成功了呢，还能过上我自己梦寐以求的生活，多好啊。

　　但是她的家人还是担心，不想让她折腾。她采取各个击破的方式，先说服自己的老公。说自己就算创业失败，家里生活也还是过得下去的，钱可以再挣，她就想为梦想活一次。好在她老公还是体谅她的，转而开始支持她，又帮她说服她的父母。

　　店铺是她老公考察了很久选定的地址，因为她老公觉得这里客流量大，就算不赚钱，也不会亏到哪里去。

　　店铺装修的时候，莎莎还没有辞职，都是她老公一手包办的，完全按照她喜欢的风格。最后效果出来，她很满意。

　　现在，她的店铺即将开张了，因为她的老公也付出了心血，所以他是最支持她的，还帮她出各种主意。

　　莎莎说：不管成败，我觉得这样挺好，做自己喜欢的事情，过自己想要的生活，也许只是一场瞎折腾，但是不会后悔。

　　看着这样的她，我觉得她不会失败，因为这么多年，莎莎从来就不是一个愿意服输的人。她想要做什么，主意特别正，最后肯定能成。

想当年，上大学的时候，父母都想让莎莎报考师范专业，因为她的父亲是一所高中的校长，到时候可以帮她安排工作。

可是她不喜欢当老师，虽然稳定，但是她更喜欢刺激和挑战。后来她背着父母悄悄地改了志愿，报了一所重点大学的广告专业。

录取通知书下来，她的父亲冲着她发了一通脾气，但是木已成舟，莎莎最终还是如愿以偿。

因为是自己喜欢的专业，大学里，莎莎学得很认真。毕业时，她的父母都希望她考研，因为他们觉得女孩子，多读点书，将来说不定还可以当个大学老师。

这次，莎莎又没有听他们的。因为不俗的成绩和实习经历，她在校园招聘会上被一家世界500强企业录取。她从一名小实习生，做到了管理层，每一步都走得辛苦，但是踏实。

就在她的父母以为她不会再折腾，会安于现状的时候，她又辞职去创业。

在父母的担心中，她的店铺开业以来，第一个月保本，因为经营有道，从第二个月开始，每个月纯利润虽然没有她上班的时候多，但是也有好几万，还是很不错的。

最重要的是，每个午后，她都可以在自己的店铺中发呆，慵懒地过自己喜欢的生活，这才是我最佩服她的地方。

莎莎一次次的坚持，成就了自己的美好，但是并不是每个人都像她一样，有勇气坚持，有勇气突破命运的藩篱。

好友小雅，是个性情温和的女孩，漂亮大气。

虽然是个人见人爱的美人儿，但是小雅的感情之路很不顺利。

小雅在大学的时候，有个相爱的男朋友。两个人谈了3年恋爱，毕业的时候，男友要去南方闯荡，让小雅和他一起去。

那时候，小雅的父母在家乡的县城将她安排进了一家银行。

小雅很想为了爱情跟着男朋友走，毕竟那是她爱了好几年的人。可是她的父母苦苦相逼，最后小雅无奈地和男朋友分手了。回到小县城的一家银行上班，朝九晚五，工作稳定。

可是我觉得小雅的心是空的。她的不快乐，那么明显，可是她没有勇气抗争。

父母总是拿他们就她这一个女儿，老了还要依靠她，来苦苦相逼。小雅走不远，只能痛苦地沉沦。她的婚姻，也是家里人安排的。对方和他们家门当户对，父母都是公务员，男孩在当地的一所高中教书。

虽然是这样门当户对的婚姻，但小雅是真的不开心。有一次，她对我说："我是真的很想逃离，尽管在你们眼中，我们在小县城，衣食无忧，可是这不是我喜欢的。但是我又因为这样那样的原因，逃离不了，真的很羡慕你们，可以做自己喜欢的事情，嫁给自己喜欢的人。"

因为心里不快乐，小雅一直郁郁寡欢的，以前她可是活泼开朗的。这样的她，真的很让人心疼，可是我们代替不了她，也改变不了她的生活，只能在心里叹息一声。

莎莎和小雅是两个极端，莎莎因为坚持了自己应该坚持的，过上了自己想要的生活，一直幸福着。

尽管每一次抗争的时候，莎莎也曾孤立无援过，但是她善于抓住每一个时机，改变自己的命运，最后得到了家人的认可。

　　而小雅呢，因为自己的妥协，最终走进了一个死胡同。那里面住着孤单无助的她，外面的人进不去，她出不来，很痛苦，所以她性情大变。

　　有时候，坚持和妥协，就是一线之隔，但是选择了自己想要的，总归是幸福的。哪怕是失败，最后也是轰轰烈烈的，曾经灿烂地绽放过。

　　而妥协呢，只能够让自己陷入泥沼里，无法自拔。解脱不了，徒增很多怨念。

　　很多人都以为，我妥协了，最后就会幸福吧。可是最后，发现并不是这样的，妥协一次，就会有下一次，一次又一次，失去的只会越来越多。

　　而坚持不一样，一直坚持，精诚所至，金石为开，就算过程难熬，但是熬过去了，终将迎来属于自己的雨后彩虹。

　　在这个世界上，那些过得精彩自由的人，都得益于自己的坚持，到最后绽放出美丽的花。

　　而那些常抱怨过得不怎么顺心的人，都是因为一次次妥协，最后他们彻底失去了自我，变得面目全非。

　　到最后只剩下，一声叹息。

　　如果想做什么，就去做，不管多累多苦，只要坚持下来，最后定会成就美好的自己，收获你想要的生活！

心在哪里，哪里就会开花结果

有朋友问我怎样才能每天坚持写文章。我说，每个人的情况不一样，我是坚持了 3 个月之后，形成了习惯。现在每天写一篇文章，就和吃饭喝水一样平常，不觉得有啥特别。

虽然我的文字一般，但是我真的很用心在写，这就够了。

因为用心，所以我不怕写不好，我相信，只要用心，多多少少总会有些收获。

我所遇到的那些用心的人，他们的成功也在告诉我这样的事实。

1

大学刚毕业的时候，我当过短短两个月的职校老师。那时候，我没有目标，只是非常想要一份工作，就随便找了份工作做，最后发现，这份工作我并不是太喜欢。

虽然是很短暂的一段时光，但还有几个跟我关系比较好的学生记得我。

有个学生叫小盛，职校毕业后，南下打工。有一天，他和我联系上了，我问他现在在做什么，他说在一家会计事务所上班。

我有点惊讶地问他："你是怎么跨到这个行业的？"

他告诉我，他堂哥是那家会计事务所的老板，本来是想让他过去帮忙做做行政工作。

打工的经历让他明白，没有过硬的技术本领，终究不行。他想有一技傍身。在堂哥的指导下，他考了会计资格证。

然后他在堂哥的公司从小会计做起，幸好都是亲人，堂哥也愿意找人带他，他也肯学，上手很快。

在实践中，他发现自己很喜欢这份工作，尽管很多人觉得这份工作很枯燥。除了当会计，他还通过自考拿到了大专文凭，已经拿到了中级会计师资格证，正在向高级迈进。

知道了他的故事，我真的觉得很感动。我知道那批学生，他们连普通高中都没考上，底子薄，很多人后来所从事的工作非常一般。而小盛，不一样。

后来经过交流得知，小盛之所以能一步步往上走，就是因为他很用心。

有了目标，他用心地去学习，去实践，然后一步一个脚印往前赶，不怕底子薄。

我虽然起点比他高，但我自愧不如。

2

第二个故事是关于我在广州一家数据公司上班时候的销售总监的。

新员工培训的时候，经理给我们讲了这位总监的故事。

这位总监，以前是一家报社的记者，做得还不错。但他决定转行，往销售方向转。因为他做记者的时候，大多数情况是和 IT 界打交道，他有兴趣，也有心。业余时间，他看了很多关于销售方面的书籍，掌握了相关的技巧。

从报社辞职，做了一年多的基层销售之后，正好我所在的那家数据中心招总监。

他去应聘，从初试到最后的面试，他力压群雄，一步步过关。

最后一关，总经理亲自面谈，进入这个环节的只有这位总监和另外一位候选人。

原本另外一位候选人资历更优，更出众，但是这位总监使出了撒手锏。他给经理交了一份销售部的年度计划。那是他根据自己掌握的情况，加上对公司销售部的充分了解做出来的。

这份计划一拿出来，经理决定就是他了。

一个这么用心和有心的人，经理相信他会带领公司的销售团队再创佳绩。后来，他的职位当然是一路往上升。

预料之中，用心的人走到哪里都不会差。

3

第三个故事，是关于我初中时候的语文老师曾老师的。

他以前是我们小镇上那所中学的语文老师。而现在，他是广州一家知名律师事务所的资深律师，经常会在省台的法律栏目中露脸，分析案件，帮人说法解法。

我上初中的那一年，曾老师刚电大毕业，比我们也大不了几岁。

只记得他对我们很严格，当然也是被教育体制逼迫的。

直到大学毕业，我去广州上班，才知道那时候他也在广州，在一家律师事务所，是一名律师。

我不知道曾老师是怎么想着要当律师的，一个非法学专业的人，去挑战司法考试，肯定也不是一件容易的事情。他能通过司法考试，背后一定付出了很多。

今年春节，我们初中同学会，听说曾老师是开奥迪去的，比我们所有同学都混得好，真的是我们这帮学生的榜样。

我没去参加聚会，没亲眼看到老师的风光，但我从他微信里发布的各种状态中，能知道他的成功和幸福。

而我更知道，一个人有多风光，背后就有多沧桑、多努力。

很多人常常抱怨命运对自己不公平，可你有没有想过，对待一件事情，你用了几分力气，你用了多少心？

我遇到的这些人和我自己的经历都告诉我，如果真的足够用心，上天就算暂时给不了你想要的，肯定也会在其他的地方弥补你。

你付出的心血和汗水都不会白费，最后终将成就你！

你若精彩，天自安排

又是高考放榜的日子，又是几家欢喜几家愁，我坐在办公室里，看到铺天盖地的相关信息，不禁想到学历这件事情。

我也算是名牌大学毕业了，虽然不是顶尖名校，可也是全国前十的学校。但看我现在的人生，好像一点也不成功。学历也没给我带来多少福利，也没影响我的人生。

能不能上大学，能不能上好大学，都不是你以后人生的必要元素。

学习成绩是很重要，代表着可以上一所好大学。但是三百六十行，行行出状元。即使暂时失败，并不代表无路可走。只要你有目标，足够努力，一样可以成功。

1

前两天，我的小学同学超哥给我发来一组图片。

那是一家新建的幼儿园，园区正在建设，室内已经装修完毕，看起来很高大上的样子。

超哥说，马上就要开始招生了，正在加紧培训老师。我说，恭喜啊，你这也是变相地为咱们整个乡的人民做贡献了！

超哥说，我给他扣上了一顶高大上的帽子。我说，你值得。

是的，那家幼儿园，是超哥和他爱人这一年多以来的心血，也是我们那个乡里最大的一所幼儿园了。

现在乡里有这样的一所幼儿园，配置和设备都不错，在村里人们都涌进乡里，人口增多的情况下，孩子的教育问题肯定不用愁。

最关键的是，超哥有颗精明的脑袋，瞅准了这么好的一个市场。

不得不说说超哥这个人。

我和他小学五年一直同班，算是地地道道的老同学了。

超哥初中毕业后，就辍学出去打工了。在外面待了五六年，存够了资本回来，在我们乡里开始做点小生意。因为他脑袋好使，加上现在农村年轻人纷纷进城，像超哥这样留在乡下的年轻人不多。

没几年，超哥就发达了。但是他没有止步不前，又在我们村里找了块地，办起了养殖场，和别人一起投资房地产。生意顺风顺水的，超哥有了资金，同时也有了家，有了娃，所以他又开始投资办幼儿园。

现在的超哥，出入有豪车，住小别墅，养三个娃，日子过得非常滋润，已经成为我们那个小镇上的名人了。

我们这些上过大学，终日在外漂泊的人，其实有很多地方都不如他，包括我自己。

他让我明白，一个人的能力有多高，和学历关系并不大。关键是人要有一颗上进的心，不放弃自己。那样你终将收获属于自己的精彩。

2

一位好友的哥哥，当年上的是师范类的大专，毕业后，他没有去当老师，而是去了深圳闯荡。

刚开始，他只是一家小公司的销售员，住在城中村。和很多蜗居城中村的大学生一样，他每个月挣的钱，交完房租就所剩无几了。

只不过这个哥哥是个踏实肯干的人，一个偶然的机会，他进入了一家快递公司，从快递小哥做起。他每天辛苦地穿梭在城市的大街小巷，给人送快递。

干了两年，这位哥哥摸清楚了这个行业的一些门道，就自己开了一个收发快递的小门面。

刚开始的时候，基本没啥生意，哥哥一个人拿着印好的传单，去周围的写字楼，一层一层发放。被人赶出来，说难听的话，他都不在意，说一声"对不起，打扰了"，然后微笑着淡定地离开。

那时候，就他一个人，后来生意好些了，又暂时没钱请人，他就拉着自己的哥哥和妹妹一起干。

我那个好友，就是她的妹妹，为了哥哥，她自学财务，帮助哥哥做账。

或许是这位叫来福的哥哥真的有点福气，加上他真的有商业头脑，不几年，他的小快递公司，已经发展壮大。

这位哥哥开快递小门面是八九年前的事情了，那时候快递业务远没有现在这么发达，但是他却认为那是商机，事实证明，他真的很有眼光。

现在这位哥哥最少身家千万，把所有的亲人都接去了深圳，在他们那个小镇，他是风光和传奇的代名词。在他的很多同学眼里，他一样是传奇。

我想说的是，不管是大专生还是本科生、研究生，在学校的时候差别并不太大，关键是进了社会，你的努力程度如何。

有人成功了，那是因为他们很努力，除了机遇和运气，更多的是这个人肯不肯吃苦，肯不肯下功夫。

如果你很努力，却还没有成功，那只说明，你还努力得不够。

学历有时候只是块敲门砖罢了，关键是你这个人在未来的人生中，能不能把握好自己的人生走向，不随波逐流，有更高的追求。

学历什么的不算什么，考不上好大学也没什么，只要你肯努力，肯奋斗，你的人生也一样精彩！

成功没有奇迹，只有轨迹

1

不久前，好友叶子出了一本书，我在羡慕之余，又有点好奇，她到底是怎么做到的？

别人不了解叶子，我了解啊，她的工作非常忙，不是加班，就是出差。她是从哪里抽出时间来读书写字的呢？

我最终还是没有忍住，问了叶子这个问题。

她说，挤时间啊。为了尽快完成工作，她每天都给自己制订计划，尽可能地合理利用时间，提高工作效率。这样在工作累的时候，还能抽出十几分钟的时间，读几页书，调节一下。

晚上加完班回家已经 11 点了，那时候叶子已经又累又困，洗个澡，提提神，开始自己每天一小时的写作。有时候写到最后，眼睛都有点睁不开了，但是思绪依然活跃。

这样勤奋的她，让我自愧不如。在惭愧的同时，我也想起以前和叶子做同事的时候的一些事情。

有一次，单位组织我们去旅游。在去景区的大巴车上，同事们大多在聊天，间或看看风景，有些在打盹。叶子戴着耳机，闭目养神的样子，我以为她在听音乐。

正好我闲得无聊，觉得听听音乐也不错，想让她分我一个耳机，一起听。结果她告诉我，她正在听毕淑敏的书，问我有没有兴趣。

当时，我就觉得她好努力。

我们两个那时候在工作之余，都会写点小文章发表在报刊上，私交较好。

我这人比较懒散，三天打鱼，两天晒网的，灵感来了，想写了，就写一篇。叶子则不同，她真的是每天在坚持。就算没有什么灵感，她也会在空间写篇随笔日志。

现在想想，这就是差距。一件事情，叶子经年累月地坚持，而我总是懒懒散散，到最后，她跑在我前面，甩出我好几条街，也是正常的。

一个努力的人和一个不怎么努力的人，或者是一个压根不知道努力的人，刚开始大家的起点是一样的。

但是到了最后，努力的人，肯定会收获得更多。叶子就是那个努力的人，我则是那个不怎么努力的人，所以她注定比我跑得快、跑得远。

2

朋友小 H 和我同一年大学毕业。大四上学期，我们都在积极地准备考研，成绩还不错的小 H 却放弃了保研的机会，积极地找工作。

我们都不理解她。

她解释说，目前家里压力大，她先去上班，帮助家里缓解压力，也把自己的助学贷款还了，不然总是觉得不安心。等过两年，她做完这些，到时候如果还想学习，再继续考吧。

我以为小 H 会像我们很多人一样，走上社会，慢慢地忘记了理想，随波逐流。谁知道，毕业的第四年，某一天，在 QQ 上，小 H 突然告诉我，她考上了母校的研究生。那时候，我的很多同学已经结婚生子了。

我很吃惊，因为当时的我，漂在北京，不时地被催婚，被老妈远程遥控逼着去相亲，压力山大，很不淡定，哪里还有心思去学习？

我问小 H 是怎么做到的，关键是她的英语竟然考了 70 多分。要知道，当年的考研英语，我拼了命，也才考了 50 多分啊！

小 H 告诉我，她毕业后，一个人租房住，白天上班，晚上回家，一个人也没什么事情可做，更没有什么娱乐活动。所有的心思，都在想着怎么省钱，读书也是最省钱的方法了。

每天下班回家，她都会强迫自己学一个小时的英语，所以大学的那点基础，她不仅没有丢下，反而精进了不少。

至于专业课，换汤不换药，她 3 年前就开始准备了，没事就看看，复习一下。

所以到最后，她以该专业前五的成绩被录取了。连她的导师，都很佩服她，觉得她是个有毅力的人。

后来小 H 毕业之后，也去了北京。因为起点高，又肯努力，她一路节节高升，现在她已经在那里定居了。不像我，北京只是我的经历，不是我的终点。

所以我是很佩服小 H 的。不管是做什么，都是没有捷径的吧，只有脚踏实地地走好每一步，才能收获自己想要的。

所有的成功都不可能是一蹴而就的，学习也好，其他事情也罢。

3

我怀孕那阵子，每天晚上都是我老公做饭。

他切出来的菜厚厚薄薄，完全没有美感可言。最重要的是，同样的做菜方式，我炒出来的菜色香味俱全，他做的只能勉强入口。

他自己也很苦恼，觉得自己做得不好吃，就算我这个大厨在一旁监督他，他还是做不出来我做的那种味道。

后来，我们找原因，用料一样，做法一样，有时候菜还是我切出来的，为什么他做出来的菜，总是差一点。

我们归结为是火候的问题。虽然我炒菜的时候，看似没有注意这个火候问题，但是因为我做菜时间长，这一切都熟记于心，到了该加盐加调料的时候，自然就知道该加了。

最关键的是开始的时候，锅里的油几分热的时候，放生姜和蒜进去才好。

所以，我炒出来的菜总是好吃一些，而他炒的却不行。

我经年累月积累的做菜经验，虽然传授给他了，但是他因为把握不好火候，所以最后勉强算个合格。和我的优秀相比，他还是差一些。

　　就像很多人，总是羡慕别人的成功：凭什么，我们看起来差不多，他成功了，他事业有成，她出书了，她成为作家了，他考上了博士……我都没有？

　　那是因为他比你努力，最重要的是，比你肯坚持。

　　这个世界上，成功从来没有捷径可走，就连看似简单的做菜也不例外。

　　想要把一件事情做好，就得一步一个脚印，踏踏实实地去做，认认真真地做，坚持去做。

　　所以那些总在羡慕别人为什么成功，而自己却没有的人，不妨好好反思下自己，你是否下了足够的功夫，是否端正了心态？

　　每个人的成功都不是一蹴而就的，更不是什么奇迹，只有轨迹，记录着一个人的努力、一个人的坚持、一个人的付出。

你所吃过的苦，终会化为成长的糖

和朋友聊天，她给我讲了她两个好友的故事，我们这里把她们叫作蓝姑娘和青姑娘吧。

蓝姑娘和青姑娘是大学室友，也是好友。大学毕业那年，她们一起考研，都没有考上。

心里有梦想未能实现，总归是不甘的，于是她们相约再考一年。两个人一起租了房子，一起复习。

班级群里，工作的同学都在热火朝天地聊他们的新工作、新人生；读研究生的同学，则是聊他们的新同学、新导师。

只有她们两个，没什么可聊的。每天做不完的英语试卷，记不完的专业课知识点。日子枯燥且沉闷，每天早晨不到 6 点，就得起来去自习室占位置。晚上，要到自习室关门，才依依不舍地离开自习室。

说是复习，其实更是一场人生的煎熬。两个姑娘也会常常觉得人生就像被笼罩了一层厚厚的黑纱，密不透风，看不到希望，也不知道未来会如何。

渐渐地，蓝姑娘有些懈怠，觉得人生无望。她怕自己考不上，眼看着很多同学都上班挣工资，她还在花父母的钱，她于心不忍。其实青姑娘也一样不忍，她只是舍不得放弃，虽然心里也很煎熬。

那年 8 月，秋老虎正猛烈的时候，蓝姑娘生了一场病，其实更多的是心病。病好之后，她好像突然想通了，她决定放弃，因为她向往外面的生活，与其闷头复习，看不到未来，不如去找份实实在在的工作。

她说自己过够了这种两点一线受尽煎熬的日子了，心里真的很痛苦、很绝望。青姑娘劝说无果，只能眼睁睁地看着蓝姑娘离开，去奔赴自己的新人生。

蓝姑娘运气还不错，很快就找到一份工作，工资不高，但是却脱离了那种苦闷的学习生活，她就像回到大海里的鱼儿，自由奔放，快乐畅游。

在她过着无忧无虑的日子的时候，青姑娘依然在煎熬着。她也有过很多次想放弃，有过很多次绝望，有过很多次累得只想哭。可是哭过了，第二天依然早早起床去复习。

她也不知道结果是成功还是失败，但是她总是安慰自己说，最后一次，问心无愧，以后回忆起这段日子自己不后悔就好。

第二年的春天，熬过寒冬的青姑娘以笔试第二名、面试第一名的好成绩被录取。

得知这个好消息的时候，青姑娘躲在自己的出租房，狠狠地哭了一场，哭得肝肠寸断，把过往积压的所有委屈和无奈，都哭了出来。

哭过之后，天空一片蔚蓝，她要去迎接自己的蔚蓝人生了。

蓝姑娘呢，在这个春天的时候，收获了一位恋人。公司里，一位小伙子爱上了她，在他的爱情攻势下，蓝姑娘陷入了甜蜜的爱情中。

到这里，两位姑娘的人生看起来都是不错的。

第二年的五一，已经是研究生的青姑娘，去参加了蓝姑娘的婚礼。看着幸福的蓝姑娘，青姑娘很感慨，如果自己当时没有坚持，是不是此刻也是一枚幸福的新娘。

她问自己，这样的幸福是自己想要的吗？心里的答案是否定的，不管结局如何，她那时候都会坚持复习到底的吧，因为她想给自己的梦想一个交代。

其实这时候，青姑娘已经得到了导师的推荐，要去国外一所名校当一年交换生。

青姑娘从国外"镀金"回来的时候，蓝姑娘已经有了孩子，是个幸福的妈妈了。

后来呢，青姑娘研究生毕业，又申请去国外的大学读了博士，因为她在做交换生的时候，给那边的一个教授留下了深刻的印象，所以她申请那位教授的博士，可谓是一路顺风顺水的。

这时候的蓝姑娘，是个全职妈妈，每天自己带孩子，日子陷入一地鸡毛的琐碎，每天都在孩子的奶粉和尿布以及烦琐的家务活之间挣扎。

青姑娘博士毕业并没有回国，她在留学的时候认识了一位澳大利亚人，这个澳大利亚人后来成了她的老公。毕业后青姑娘就和老公一起去了澳大利亚，在一所大学任教。

这时候，蓝姑娘从全职妈妈重新奔入职场，但不顺利。

因为在家里待得太久，她会的那点东西，早就忘记了，而职场上新人辈出。她适应不了职场生活，日子过得很苦闷。

最重要的是，以前爱她的老公，在连升两级之后，也有了出轨的倾向。蓝姑娘的日子糟透了，她觉得人生一片黑暗，似乎什么都不顺利。

这所有的不顺利快要把蓝姑娘压垮了，终于，在目睹她老公出轨后，她彻底崩溃了。

她不知道她的人生哪里出了差错。每当看到青姑娘在朋友圈晒澳大利亚的美景，晒她的一双混血儿双胞胎，她就觉得很嫉妒。

明明当初是一起奋斗的啊，她却中途放弃，走了岔路，结果人生的差距陡然拉大。

听完这两个姑娘的故事，我也很感慨。

有时候人生不知道在哪个路口，我们放弃了自己，后面就会引来一连串的负面反应。

蓝姑娘现在常常想，当初如果自己不放弃会是怎样？如果自己吃点苦，熬过那几个月的黑暗时光，人生是不是就不一样了？

可是人生没有如果，也不能够重来。

当时不肯吃苦，放弃的人生，不能够再重新来一遍。而青姑娘吃过的苦，都被时光转化成了她人生的糖，一直要甜到老吧。

人生有时候就是这样的，谁也预料不到未来，可是你走过的路，吃过的苦，总会有痕迹，上天也不会让你白白受苦受累，总会在不经意的时候，以另外的一种方式偿还给你。

只有把自己宠爱得像女神，你才能光芒万丈

李彤和男友刘凯都是北漂，两个人都来自农村，家里能给他们的十分有限。自从两人进入以结婚为目的的恋爱之后，他们的目标就是努力存够一套房子的首付。

工资都不高的两个人，对北京的房价望尘莫及。那么就燕郊吧，努努力，燕郊的一套小房子，首付还是能付得起的。

确定了目标，李彤和男友开始了自己的省钱大计。

他们把自己原来租的次卧退租，改成了隔断间，这样每个月房租能够节省不少。

每个月要保证存一万块钱，为了这个目标，李彤连化妆品也舍不得买，更不要提买衣服了。

每晚下班回家，自己做饭，基本上都是青菜和土豆。第二天，自己带简单的饭，中午热热就吃。

李彤以前很爱吃零食，戒了。

她男友以前偶尔抽烟，戒了。

……

日子过得不能再节约了，悲催的是他们的存钱速度，远远跟

不上房价上涨的速度。

前几天，李彤在深夜对我说：姐姐，这种感觉太难受了，感觉自己活得好憋屈，不知道这样的苦日子啥时候是个头。

舍不得吃，舍不得穿，对于一个女孩子来说，真的很难熬，我能理解的。

说到最后，李彤对我说：姐姐，太羡慕你了，你是我心目中的女神，爱自己的典范；看你每次写的文章，不是给自己买包，就是给自己买花，我好羡慕。

我说：傻姑娘，你看到的都是表象啊！我一样背负房贷的压力，还得养孩子，每个月家庭开支也非常大。我给自己买的东西，都便宜得不得了。

比如，十几块钱买两枝粉色的百合花，带回家，心情就会美上最少一周；我给自己买的包包，也只花了不到 100 块钱，喜欢就买了。

贵的买不起，但是适当的时候，给自己一点小奖励，让自己尝点甜头，让自己有动力继续走下去，还是可以的。

听了我的话，李彤说，也要向我学习，不能对自己太刻薄了，刻薄得让她都找不到人生的意义了。

我说，这就对了，要对自己好一些，多宠爱自己一些是没错的。

其实，以前我也和李彤一样，为了省钱，为了应对生活的压力，对自己很刻薄。

衣服舍不得买，买也是地摊货；一副眼镜，用四五年，镜片都磨损了，也舍不得换；平时看见喜欢的东西，只能假装看不到……

现在想想，我那时候，真的是在虐待自己。其实，最后算算也没有省下多少钱，却少了很多生活乐趣。

真正让我发生改变的是朋友瑶瑶。

瑶瑶工资不高，但在我们眼里，她却是个会享受的女孩，每天打扮得美美的，化淡淡的妆，看起来大方得体。

那天，我和瑶瑶相约去逛街，中途累了。她说，姐姐，我请你去做指甲吧。

我表示对这个没兴趣，最重要的是怕花钱啊，于是说，去美甲店还不如自己去买几瓶指甲油涂。

可瑶瑶却坚持要带我这个土包子去见识一下，让我开开窍。

当我和瑶瑶坐在装饰明亮的美甲店里，感觉顿时就不同了。美甲师拿出各色的造型，让我们挑选自己喜欢的颜色。

看着美甲师一点点地、细致地用心地帮我们打磨指甲，用心涂抹指甲油，像是对待一件艺术品，说实话，真的不是自己买瓶指甲油涂，就能比得上的。

我开始明白了瑶瑶的"良苦用心"。身为一个女人，平时我们和男人一样辛苦挣钱，关键的时候，花点小钱，买来让人舒心的服务，也不失为宠爱自己的一种方式。

后来，在瑶瑶的带动下，我去办了一张美容院的卡，有空就过去洗面；累了去做个肩颈按摩；做过指甲之后，有空去保养一下。每次从美容院出来，我都觉得自己是容光焕发的。

我开始享受到了宠爱自己的幸福和乐趣，开始觉得自己一点点地在向心目中的女神靠近。

很多女人和我一样，都是家庭条件一般，要养家养孩子，赚来的钱用途太多了，这里要花，那里要花。

却唯独忘记了，我们那么辛苦地赚钱，是为了什么？

仅仅是为了生活好一些吗？为了家庭更幸福一些吗？关键是好了吗？幸福了吗？

那么辛苦地打拼，我们更得好好地宠爱自己啊！

除了瑶瑶，我的好友雅菲，宠爱自己的程度，也是让我羡慕的。

菲菲是个小白领，30岁，单身。

她是做销售的，白天要四处拜访客户，有时候即使回到办公室，仍要联系客户。

为了业绩，压力是非常大的。但是认识她那么多年，我却从来没有见她沮丧过。

每个周末，她都会抽出一天时间在家，给自己准备精致的食物，有时候还会给自己烤一些小糕点，看起来美味可口。

每个月发工资或者发提成的时候，她都会给自己买喜欢的小礼物：有时候是一个发卡，有时候是请自己吃一顿大餐，有时候还会买几本自己喜欢的书，有时候是买一件喜欢了很久的衣服……

因为她很爱自己，她没有剩女的悲伤和忧虑，活得自在快乐。

每到年假的时候，她都会按时休假，用自己赚来的钱，去济州岛、普吉岛、澳大利亚、西藏……行走着，快乐着，也增长了见识。

她的自信，让她光芒四射。

我们中的很多人，都有一颗活成女神的心，但是走着走着，自己的斗志渐渐地淡了，都被卷入生活的滚滚洪流，忘记了爱自己，也不会爱自己了。

甚至有些人认为，压抑自己的欲望，也是自律的一种表现。

可是适当地满足自己的小小欲望，宠爱自己一些，是不是活得更快乐呢？

每个人的生活其实都差不多，会面临压力、痛苦、无奈，但是有些人不管何时都能够光芒四射，像一个发光的小太阳，让人情不自禁地向她靠拢。

这是因为，她们对自己好，宠爱自己，所以她们时刻充满着正能量，日子便越过越精彩了！

愿你也做一个宠爱自己的人，把自己宠爱得光芒四射！

每个成功的姑娘背后，都有张勤奋的脸

双双要出书了，我在为她开心的同时，也见识到了她那份牛烘烘的简历：作协会员，婚姻家庭情感咨询师，专栏作家，外加几家情感网站的导师，还有在百家报刊发文上百万字。

我说，你这么努力，早该出书了，我自愧不如。而双双却谦虚地说自己努力还不够，简直叫我无地自容。

这个勤奋的姑娘，除了本职工作，业余一直在写文章。

几年前我在和她打交道的时候，就听她说过，她除了姨妈君光临的那几天停止码字，专心阅读，正常的情况下都是每天最少写一篇文章。

我最开始认识她的时候，她写古文故事，也写青春故事，我最爱看她的古文故事，构思特别，情节设置也特别好。

我们熟了之后，互相加了微信，我知道她的故事大多是她在深夜写出来的，因为白天忙工作。

她的那些证儿，也是她通过晚上看书学习，一个个考来的。

这样一个勤奋的大美妞，她的牛气是正常的。我一点也不意外，你付出多少，就收获多少。

我以前看过一个观点：每天晚上的时间，你花在哪里，你的收获就在哪里。

有个著名的一万小时理论，说的是你只要为一件事情付出了足够多的时间，花了足够的心思，最后必然会突破自己，上升到一个新高度。

我有个前同事，是个特别文静秀气的女孩。以前在单位的时候，因为不在一个办公室，所以虽然我见到过她多次，但是叫不上来名字。

我真正记住她是在我离职后，这位姑娘出了一本书，一下子晋升为畅销书作家。

今年她相继有两本新书上市，让我望尘莫及。

前几天我看到她在一篇文章里面提到自己的写作经历。

20多岁的时候，她想当作家，想出书，她的好友都打击她：觉得不太可能。因为作家哪里是那么好当的，需要阅读，需要写作，而那时候她才想着要开始写作，起点都比别人晚。

虽然她也不知道能不能，但是她还是买来很多书，每天下班回家后就在自己的小屋读书、写作。

当她看的书放满了两个书架的时候，有一天她看到一个征文启事，心血来潮，灵感突现，写了一篇文章投了出去。

这篇文章几天后被刊发在网站上，她也火了起来。

因为这篇点击率很高的文章，很多编辑找上门来要给她出书。

机遇来了，她当然要抓住，很快她的第一本书面世，因为写作功力深厚，这本书一上市就成了畅销书。她也成了当红作家。

最近我看她的朋友圈，签名都是很忙，前几天的签名甚至是：累到吐血。

虽然她已经具备了可以选择生活的能力，但她并没有辞职，仍然一边忙工作，忙着到不同的城市出差，周末抱着笔记本去楼下的咖啡馆码字。

这样勤奋的她，怎么能不牛？

牛，是勤奋堆积起来的。你有多勤奋，多拼，你就有多牛！

我的一位大学同学，不到30岁就已经当上了广告总监。现在，当我们成了混日子的中年妇女时，她拥有了自己的广告公司，这就是差距。

这位同学的勤奋当年我们有目共睹。那时候，广告并不是我们的专业课，只是学校为了拓宽我们的就业面而开设的课程。我们学到的也只是皮毛而已。

在我们还满足着考试过关不挂科的时候，她已经迷上了广告。她从图书馆借来了很多专业书籍看，寒暑假的时候，为了能够多接触这个行业，她还主动跑到人家广告公司实习。说是实习，其实就是帮人打杂，她却乐此不疲。

大学毕业的时候，我们都在忙着找工作，焦头烂额的。

只有她，因为表现优异，早就被她曾经实习过的一家大型广告公司签了过去。后来她在那家公司，因为勤奋一路升迁。

现在她自己开公司，我常常见她凌晨一两点钟跑出来给我朋友圈的文章点赞。

有一次，我提醒她说别做夜猫子了，太伤身体。她说没办法，项目一忙起来，就顾不上了。

别人看到的都是她的牛，我看到的却是她这么多年一点点勤奋地向上爬，哪怕现在她身居高位，依然不敢放松。

这世界上从来就没有无缘无故的成功，越是成功的人，背后付出的就越多。

这几年，我在工作中和很多90后同事打交道，发现他们都特别勤奋，令我常常有一种紧迫感，觉得自己蹉跎了很多光阴。

大学时，我没有好好学习，毕业后这么多年，感觉都是在混日子，所以人到中年也只能这么普通地活着，没有光鲜的履历可以拿得出手。

很多人都会羡慕那些很牛的人，觉得他们怎么就可以这么成功呢？

如果你跟随他们的生活，你会发现他们是那么勤奋，那么努力，你简直无法想象。

你在睡觉的时候，他们在充电，在提升自己；你在玩的时候，他们在看书在学习；你在麻将桌上，他们在学习、考证……

一天天，一年年，差距就是这么出来的。

当一个人为他喜欢的事情，付出了超过一万小时的时间，他的牛是迟早的事情，只需要一个契机。

这样的人，上天自然会厚待他们一些。所以不要抱怨这世界不公平，那只是因为你的勤奋还不够罢了！

你有没有把一件事坚持 7 年

早晨我在公交上抱着手机刷公号，看到"公号女王"咪蒙写的文章，说她从大一到研三，密集看书的那 7 年，重新塑造了一个自己。

据咪蒙说，她念大学的时候，一直没有正儿八经地上过课，但是最后却被保研了。她归结为自己看书看得多，所以尽管她不去上课，一样不妨碍她考出好成绩来。

在她从大学到研究生的这 7 年，坚持最好的事情就是读书，读书改变了她的看法，成功地把她变成了一个超级厉害的人。

所以她不管是写博客还是写公号都能火，很多人还说她的文章很好模仿，只要学学句式就可以了。

对此，咪蒙淡定地说：想要全面模仿我，其实很简单，先去看 7 年书，每周保持 2～5 本的阅读量就可以了，读完了再来，好吗？

然后，我又看到女作家梅寒写的一篇文章，里面写到她从 2005 年开始在杂志上发表第一篇文章，到 2012 年她的第一本书面世，这中间，刚好是 7 年。

虽然前面的路走得磕磕绊绊，也曾为了坚持梦想而流泪、悲伤，很多一起相伴写字的朋友都渐渐地退出了这个圈子，只有她坚持了下来。

7年过后，她的写作变得非常顺利，不必再为写什么而犯愁，因为不断有出版编辑来与她洽谈适合她的选题。她再也不用为写出的书稿无法发表而犯愁。

同样的也是7年，梅寒让自己完全地成长起来，已经不用去操心平台的问题了。

很多以前看似遥不可及的东西，她通过自己的努力都得到了。

只是在这个浮躁的社会，很少人会为一件事情去真正地坚持7年，甚至很多人连一年都坚持不到，就放弃了。

这就是差距。

梅寒的文章中提到：相关统计结果表明，无论在哪个领域，如果想要出人头地的话，大概都需要将近7年的时间。7年过后，你的黄金时间也就来了。

咪蒙用了7年的时间阅读，丰富了自己的知识体系，所以在自媒体红火的时候，她一炮而红。现在她更是红得没有边际，名利双收，这大概是以前埋首苦读的她从来没有想过的。

而梅寒同样用了7年时间来写作，所以收获了她想要的，成了女作家。

凡事都是量变到质变的过程，很多事情你现在做的时候，觉得无所谓，也没啥利益可言，但是只要坚持下来，终有一天，你曾经的付出，会让你的未来开出一片繁花！

而在这个过程中，很多人的耐心渐渐被消磨掉了。

不知道是世界太浮华，诱惑了我们的心灵，还是心灵太浮躁，影响了世界？

人人好像都那么忙碌，忙碌之后是寂寞空虚，一件事情都坚持不了太久，所以注定也不会有太高的成就。

我也曾经有这样浮躁的时候，想要一步登天，一口气吃个胖子，恨不得自己的文章能够写得好点再好点，关注多点再多点。

后来，听了朋友们的很多建议，还有自己看书的一些感悟，我知道自己火候不到，基本的阅读积淀功力都不够，怎么可能跑得快？

既然跑不快，那就慢慢地走吧。安心于自己目前所做的，坚持就可以了。

所以不必羡慕别人，做好自己，坚持下来，你想要的，肯定都会来的。

我有个朋友大学毕业之后，因为工作不好找，他去做了快递员。

周围的很多人都认为他屈才了，那还是 10 年之前啊！但是他自己并不觉得，而是踏踏实实地干着。

3 年前，我和他再次联系上，得知他刚刚开了自己的小物流公司。而客户等人脉，都来自于他自己以前工作的积累。

前不久，他又和我联系上了。我问了下他的物流公司发展情况，他说现在做得还可以，公司也发展壮大了，以前梦想的车子、房子都有了。

我说恭喜，他说，都是瞎折腾。我说，难的是你把一件事情折腾了 10 年，终于折腾出了自己的事业。

朋友说，是啊，我以前也从来没有想过，我会有今天。那时候送快递，真的很苦很累，有时候真的不想坚持了，也替自己不值得。可是后来，想想，我还是有很多需要学习的地方，也许以后我自己可以单干。

他就是这样说服自己的。

所以他一步一步地走向成功，同样的 7 年。

我在四处漂泊，虽然做的是和文字相关的工作，但是却没有正儿八经地好好坚持，好好写文。

而将近 5 年前与我一同起跑的人，有几个坚持下来的，不管是在传统媒体还是自媒体时代，他们都很好地养活了自己。

很多人并不明白这个道理，只认为自己没有做好，是自己运气不好，那些成功的人，都是因为运气好。

可是好运气岂会随便地光顾一个人？需要那个人积蓄足够的能量和力量，才能在机遇到来的时候一把抓住它。

所以不要抱怨自己时运不济，不要抱怨自己工作不顺利，你得好好想想你到底想要什么？为什么你每份工作都做不长？

按照一万小时定律，一年 365 天，我算了下是 8760 小时，还不足一万小时。除掉其他时间，一天中能有 3 个小时花在一件事情上就不错了。

而 7 年不长也不短，只要你每天花点儿时间，怎么着，一万小时也够了。

　　只要你坚持一件事情，还是会有所成的。

　　不要羡慕别人，找到自己喜欢的一件事情，利用业余时间坚持 7 年。那么 7 年之后，你肯定会收获一个全新的自己。

　　只是，你能够坚持吗？

Part2

你的坚持，
终将成就你的美好

你的努力，终将让你走向远方

1

上个月，甄珍终于嫁人了。

不但嫁了，嫁的还是一位美籍华人。虽然她今年已经 36 岁了。

婚礼前一天，我们一帮好友，抽空和甄珍在宾馆里聊天。

甄珍告诉我们，当初她申请去美国并不容易。那时候，他们单位有五个人同时申请。她最后之所以脱颖而出，是因为她出色的英语听说能力。

听到这里，我们都觉得奇怪，大学的时候，甄珍的英语能力可不出众。

看我们吃惊地看着她，甄珍说，你们都知道，我大学的时候，英语四级都是勉强过的。但是毕业后，因为一直单身，时间比较多，我就报了英语培训班，专门去训练英语听说能力。本来是想着一个人出国旅游方便的，却没有想到，我们单位要派员工出国。

正好，我的机会就来了。一方面，是我自己确实想出国看看；另一方面，也是为了逃离家人给我安排的各种相亲。

到了美国，我确实暂时逃脱了相亲，逃脱了逼婚。英语不错，工作适应得也不错，假期的时候，还能自己开车出去旅游。

她和老公，就是在旅游中结识的。

因为同是华人，共同语言特别多，慢慢地就恋爱了。虽然她老公比她小 3 岁，但这并不妨碍他们的恋情。

甄珍的老公是美国一所大学的副教授，他是靠着自己的能力，毕业后留在那里的。

看着满脸洋溢着幸福的甄珍，我心里很感慨，原来，一个人的努力从来就不会白费，只会让你走得更远，遇见更好的人。

如果甄珍大学毕业后，像我们一样放弃了英语，她肯定不会走得像现在这样远，遇见正好的那个人吧？

2

这也让我想起来一位远房姨妈。

这位姨妈 45 岁才嫁给一位澳大利亚人。

姨妈是一位医生，她年轻的时候，所有的时间都奉献给了学习。一直没有遇到合适的人，她也不着急，就潜心钻研医术。

30 多岁的时候，姨妈已经成为她所在的那家医院妇产科的名人了。她医术高超，对待病人和蔼有礼，很多人为了求她的号，通宵排队。

因为较高的专业技能，姨妈还被当地的一所医学院聘为教授。业余的时间，她要上课，还得带学生。更忙碌的她，是大家眼中典型的剩女。

很多人替她惋惜，这么好的人，能力又强，怎么就遇不到合适的人。

42 岁那年，姨妈去澳大利亚的一所医学院交流学习。在那里，一位当地的教授，也是我现在的姨夫，被她深深地吸引了。

姨妈当时觉得两个人完全不可能，毫不犹豫地拒绝了他。没有想到，她回国后，这位教授寒暑假都会飞过来陪她。

去年，这位教授干脆申请到姨妈身边的一所大学来教学，当然还是为了陪伴她。

姨妈很感动，她说自己本来已经做好了单身一辈子的准备。因为她太忙了，根本没有时间恋爱结婚。

没有想到，为了她，我姨夫会牺牲这么多。千里迢迢飞过来，在她身边工作，陪伴她，照顾她，把她的生活安排得井井有条。

看着披上婚纱的姨妈，亲戚们心中其实都很感慨。缘分是一方面，其实最重要的还是我姨妈一直很努力。

她努力地钻研自己的专业技能，做到最好，所以才有机会出国，才会遇到我姨夫这么好的男人。

所以，当你的爱情迟迟没有来临的时候，一定不能着急。你需要做的只是努力，努力地变成更好的自己，这样你才能遇到更好的他。

努力除了能够收获美满的爱情，在工作上取得成就，最重要的是，还能过上自己想过的生活。

好友曼云考过心理咨询师二级之后，经过一段时间的实习，现在她是一名心理咨询师了。

做心理咨询师最大的好处是，可以不用坐班。因为具备较强的专业技能，她的收入也不错。

其实，在这之前，曼云只是一名全职主妇。

生完孩子之后，为了孩子，曼云咬咬牙做了一名全职妈妈。这一做就是 3 年，好不容易，儿子上了幼儿园，曼云想出去工作，但是幼儿园都是下午 4 点多就放学了，孩子还是需要人接。

曼云只得考虑做个自由职业者。

因为她这几年没有上班，家里经济一直很紧张。曼云的文笔不错，她从同学处接来策划案，还有一些商业软文。赚够了学习心理学咨询的钱，她就报名一边学习，一边接活干。

经过两年多的专业学习，加上业余免费给人做心理咨询，曼云的专业技能得到了很大的提高。

一切准备好之后，她做了一名心理咨询师。工作时间灵活，可以兼顾孩子。关键是她很喜欢。

现在的曼云，做着自己喜欢的工作，让我们好不羡慕。

有时候想想，这样的她，背后何尝不努力呢？

很多人，心中空有一腔理想，没有付出努力，最终只是想想而已。

只有那些努力的姑娘，才能够实现自己的理想，才能走得更远。

不管是遇到更好的爱人，还是专业技能得到了提升，抑或是其他，只要你努力，上天一定不会辜负你！

舍得为自己投资，才能活成自己喜欢的样子

1

春天的时候，我的好朋友姗姗来武汉看樱花，匆忙之中，我们见了一面。

当她远远地向我走来的时候，我都有点儿不敢和她相认，这是姗姗吗？是，又不是。

2011年，我在北京认识姗姗的时候，她给人的感觉是朴实温暖，虽然她很勇敢地一个人闯荡北京，一个人租房子找工作，但是那时候她总是带着一点儿不自信，有点儿怯怯的，也有点儿忧郁。

现在的姗姗呢？整个人气质完全变了，她披着长长的直发，化淡妆，穿着得体的紫色长裙，和白皙的她很配。最重要的是姗姗身上洋溢着自信，那是由内而外散发出来的一种魅力。

看着这样的她，我开心地说，我好喜欢这样的你，和以前的你简直是天壤之别啊。

姗姗说，我也很喜欢这样的自己。

聊天中得知，这3年中，姗姗做了很多在以前的她看起来不可能的尝试。

她本来就是个文艺女青年，文笔不错，偶尔写写稿子。从2013年开始，她尝试写小说，刚开始写，她有点写不下去。后来她报了专门的写作班，在老师的指点下，完成了小说。

小说在某网站上连载，反响还不错。其实，刚开始报昂贵的写作班时，姗姗也是心疼肚疼的，毕竟那得花费她一个月的工资了。但是她想死马当作活马医，尝试下。就算不一定能学好，也可以学习别人的经验。

没有想到，这反而为她打开了另外一方世界的门。

来自小县城的她，以前给自己买一件超过100块钱的衣服，都会心疼，但是为了锻炼身体，她报了瑜伽班，有空就过去上课，坚持练了两年多，她的形体和气质都得到了提升，身材也一直保持得很好。

除此之外，很喜欢看韩剧的她，还报了韩语培训班，现在她的韩语，和人进行基本的交流已经没有问题了。

谈及自己的变化，姗姗总结了一点，舍得为自己花钱，投资自己。

她以前只是满足于一份小编辑的工作，每个月工资不高，在偌大的都市里，孤独求生。

后来，她上写作班，上瑜伽课，上韩语培训班，她的见识一点点提升，能力也在提升。随着自己掌握的本领越来越多，自信也提升了。

这样的她，是自己喜欢的，也是令人喜欢的，她终于慢慢地活成了自己喜欢的样子。

2

前几天，我看了豆瓣红人 meiya 的新书。看作者个人简介的时候，我留意到一点，她已经是国家二级心理咨询师，这在我国算是心理咨询的最高级别了。我记得在她的上一本书中，她的简介不是这样的，说明她在成长，在变化。

书中，meiya 提到，她一直对心理咨询非常感兴趣，平常会看很多咨询方面的书。她之前是从事广告行业的，虽然成功地出过书，但是面对转行，她还是很挣扎。毕竟如果以后她要以心理咨询为职业，不仅要上昂贵的培训班，考资格证，还要不停地学习，接受各种各样的专业课程的训练，要投入很多的金钱和时间。

后来她的朋友鼓励她：你还年轻，别怕花钱，尤其是把钱投资在自己身上，一定会有相应的回报。

果然是这样的，因为感兴趣，meiya 学得很好，她顺利地通过了心理咨询师三级和二级的考试，成为真正的心理咨询师。现在她花钱去做心理咨询师的个人体验，报读了在职的心理学研究生课程。

沿着自己的方向，她一点一滴地努力，一本一本地出书，从事自己喜欢的行业。关键是学了心理学后，她对自己的心理有了全面的自我解读，学着自我调节，心理变得更加健康。

是的，现在的她完全活成了自己喜欢的样子。

我很喜欢这样努力的女子。

3

但是并不是每个人都舍得为自己投资的。

有朋友说，我也想为自己投资啊，我也想花钱买自己喜欢的东西啊，可我总是觉得钱不够多，等钱多了些，我就会愿意为自己花钱了。

钱到底多少才算是多呢？这个好像是没有定义的吧。有人月薪 3000 元，还能省出钱来投资自己；有人月入 3 万元，还觉得不够花，更不要提投资自己了。

有两位师兄，同是建筑专业优秀的毕业生。

一位师兄，赚了钱，开始投资股市，期望靠炒股赚钱，来买房买车。为此他的心思都花在炒股上了，天天关注着股市的情况。本职工作干得漫不经心的，为此他的能力和收入一直没有太大的变化。

我们曾经建议他努力点，去考个建造师的证书，这样的话对他以后的长远发展也比较有利。可是他觉得花那么多的时间和金钱去考证，还不如投资股市，说不定哪天一下子就发达了。只是他一直是亏损状态，不仅没有赚到钱，连女朋友也没有，同龄的人，孩子都好大了。

而另外一位师兄，在工作中很注意积累经验，勤奋学习。前两年，他还拿到了一级建造师的证书，现在每年这个证书挂靠在其他单位，也有不错的收入。

加上他很努力，工资一涨再涨，还当上了小领导，房子车子孩子都有了。

4

以前，我也舍不得为自己花钱。可能是因为自己是家里的老大，父母唯一的女儿，我从小就很节约，有什么好东西，也是先想着给父母和亲人。

现在，我的观点完全转变了，在经济许可的范围内，我会买自己喜欢的东西，会为自己花钱。

送自己礼物，不一定要等老公或者男朋友送，我有能力给自己买喜欢的东西，为什么不？

我很喜欢那种努力挣钱，舍得为自己花钱的女子，当然并不是说透支信用卡，超前消费那种。

舍得花钱的女子，为自己买鲜花，买钻戒，买漂亮的衣服，旅游，请自己吃美食，让自己接受更多的培训和再教育。这本身就是让自己快乐的方式，也是独立的表现。

我见过很多爱抱怨的人，觉得自己不如别人，有时候他们甚至愤愤不平地说，凭什么他活得比我好，我哪一点不如他了？

有时候并不是你本质上不如他，只是他后来舍得为自己花钱，舍得投资自己，而你生怕浪费每一分钱。

暂时来看，你花钱投资自己是没有收益的，但是长久来看却是一件值得的事情。

如果是通过钱能做到的事情，在自己能力许可的范围内，尤其是在提升自己这件事情上，我还是很愿意做的。这样不仅能够提升能力，也能够增长见识，会让我一点点靠近自己喜欢的样子，想想就很美好。

所以，如果你想学什么，想为自己投资，哪怕暂时看起来没有用的东西，只要自己喜欢，就去做吧。总有一天，你会收获想要的自己。

但凡有点小爱好，你也不会过得这么差

1

工作间歇，忙中偷闲，我趁着喝水的工夫，打开朋友圈。

我第一眼就看到朋友小洁晒的一杯橙黄色，像花茶又像果汁一样的东西，并配文字：味道还不错！

下面一片评论，问她这到底是什么，看起来很美味的样子。

小洁答曰，这是她自制的百香果茶。

我说，太羡慕啦，感觉你每天的日子都过得丰盛自足。

小洁回我，就这么点爱好啦。

其实，她会的根本就不止做好喝的茶这一项啊。

身为一个全职妈妈，她在带娃的间歇，把自己的爱好——烘焙发挥得淋漓尽致。

我经常看到她在朋友圈晒各种自制的美味点心，还有各种好吃又有创意的饭菜，还有专门的娃娃餐。

每次看了，像我这种爱吃又懒的人都会流口水。

除了这些，小洁还写公号，指导小区及周边的妈咪，如何给娃做营养餐，如何带娃去体验各种好吃的菜，去看好看的风景。

因为她老公太忙，压根顾不上她和孩子，她就自己开车带娃出门玩，带娃品尝美食，更多的时候，还是在家自制美食。

是不是觉得这样的一个全职妈妈好能干？

是真的能干。我们在她的脸上，看到的只有乐观和自信。我们也从没见过她抱怨老公工作忙。

因为有自己的小爱好，她就算在家，也能给自己和孩子找乐子，每一天过得满足充实。

2

不过并不是每个女人都能像小洁这样，有点自己的小爱好，在老公没法陪伴自己的时候，还有爱好陪着。

我的一个远房表妹，容貌出众，大专毕业后，南下工作。

因为机缘巧合，这位表妹运气也不错，后来嫁给他们老板的儿子，婚礼奢华风光。

过了几年，表妹还把家乡的父母也接了过去，一时间她也成为亲戚间孩子的典范。

只是，前段时间听一位相熟的表姐说，这位表妹去年和老公离婚了。

表姐还把她了解的情况都告诉了我。

表妹结婚后，就辞职了，因为衣食无忧，她越来越空虚，后来迷上了赌博。她越赌越大，越输越多，输了就想赢，结果输得更惨。

表妹把她老公给她的那点家底很快输光了。另外，她把自己的三张信用卡，也透支到了最高额度，还偷偷地借了高利贷。

直到债主找上了门，她老公把她强行从牌桌上拉下来，才知道她已经欠债近 500 万元了。利滚利，就像雪球一样越滚越多。

她老公蒙了。他每天辛辛苦苦地上班，维护公司的运营，想不到自己的老婆这么败家。他有再多的家底，也不够她折腾的。

她老公不想帮她还钱，但是债主一次次找上门，还危及他们孩子的安全，最后只好无奈地帮她还债，条件是他们必须离婚，让这位表妹净身出户。

听完，我们都很感慨。但凡表妹有点自己的小爱好，不管是琴棋书画，还是插花或者舞蹈，或者是最简单的看书，并且时不时地围绕自己的爱好转，结局就不会是这样的。

上个月，我听家人说这位表妹离婚后，带着自己的父母又回到了老家。一时间从天上摔到地上，冰火两重天，恐怕她需要很长一段时间才能适应吧。

女人没有自己的爱好是可怕的，不是围绕着老公和孩子转，就是迷失在自我沦陷的洪流中。这两种情况的结果，都不会太好。

没有自己的圈子和爱好的话，老公和孩子会觉得你时刻缠绕着他们，时间久了，就会烦不胜烦。他们不仅不会领情，还会觉得你黏人。迷失在自我的洪流里，情感寂寞和空虚，没有突破口，更恐怖。

3

女人有自己的爱好，是没有年龄的限制的，不管是哪一个阶段的女人，只要有点小爱好，你会发现，她们比同龄人，活得更自信更乐观。最起码，她们的爱好就是她们的动力，她们每天都在为之努力。

我家楼上有个60多岁的阿姨，儿子没有结婚，她没有孙子可带。白天，她在小区后面的学校帮着做清洁，晚上在小区门口跳交谊舞。

每天我看见她，都觉得她很美，身上一点赘肉都没有，天天穿得花红柳绿的，但是不见俗气，只见气质。

就连我女儿每次见到她，都叫她美奶奶。她的美，连小孩都能看得出来，何况我们这些成人呢？她和我婆婆年纪差不多，但是却比我婆婆更自在更自信。虽然我婆婆有孩子带，每天围绕着娃娃转，看似充实，但是精神上，还是和她有一段距离。

这也是我比较了小区那些每天晚上不管是跳广场舞还是其他舞的老太太，和那些专门为带娃而带娃的老太太后，得出的结论。

一个为自己而活、有点小爱好的母亲，和一个只为儿女而活的母亲，差距还是很大的。

　　其实，我宁愿所有的母亲，都稍微自私点，尽量地有点自己的爱好，为自己而活，这样她们的精神世界也相对丰富一些。

4

　　前面几位都是女性，其实，我还知道一位男性朋友的故事。

　　这位帅哥是我的一位好友的男友，小伙子的爱好是摄影。他学了技术之后，就在周末接婚礼摄影的活儿干。

　　他基本上全年无休，不是在钻研别人的摄影技术，就是在兼职干活的路上。

　　由此，他的摄影技术越来越好。去年，他辞掉了原本工资就不高的工作，和朋友一起成立了一家摄影工作室。

　　工作室的业务是专门帮女孩拍写真，受到了许多年轻女孩的欢迎，他的作品总是给人耳目一新的感觉。

　　为了提高技术，他还经常拉着自己的女友，转遍北京的大街小巷，去找角度，找风景，试练着拍写真。

　　他把自己的爱好，渐渐地发展成为了自己的事业。现在他的工作室规模越来越大，他由以前的在国企混日子，变成了完完全全地为自己而活的人，做自己喜欢的事情、想做的事情，他的眼界也越来越宽广。

是的，男性也需要有自己的爱好，尽管不一定能够像这位帅哥这样发展成事业，但是最起码也能让人看到生活别样的色彩。这比整天抽烟喝酒搓麻，要好多了。

5

不过，因为圈子有限，我认识的朋友，大多是热爱阅读和写作的，很多人业余看书码字，他们晒得最多的是稿费单，钱不多，但是足以让自己更自信。

黑夜里，别人在打麻将，在追剧；他们在阅读，在写作，与孤独为伴，很好地清空了自己，负能量相对来说没有那么多。

所以，不管是男性还是女性，都要有点自己的小爱好。

不管是简单的跑步、阅读还是其他，在你坚持着为自己的爱好努力的同时，你的精神世界也会越来越丰满，整个人也会变得越来越乐观，越来越自信。

这样的精神状态，让你眼中的世界都会变得更美好，生活肯定也会变得美好起来。

长期这样生活，正能量越来越多，你遇到的好事也会越来越多。

就像连环效应，好的越来越好，你也必定会越来越好，越过越好！

何乐而不为呢？

懒惰是人生最大的缺点，我却决定把它发扬光大

1

在武汉，夏日里最舒服的事情，莫过于躺在沙发上，吹着空调，吃着冰西瓜。要是电视里正在放着自己喜欢的电视剧，那就更好了。

这样的人生，真的是一种享受啊。

作为一个已婚妇女，我最多只是脑补下这美好惬意的画面，现实里却根本不可能实现。

但是我的同事菠萝妹妹，上个周末，在家过的就是这样的日子。

哦，不对，其实，还外加田螺先生一枚，负责在厨房做饭，负责下楼去买她爱吃的冰淇淋。

菠萝妹妹在结束了五天烦琐的工作之后，终于过上了躺在那里就有人"伺候"的美好时光。

周一她给我们讲了她周末的惬意生活。

昊哥想了想，开玩笑说："我发现你就是懒，其他的没有看出来。"

菠萝妹妹反驳说："我就是懒啊，就算懒惰是我人生的最大缺点，我也要把它发扬光大。"

我说："菠萝妹妹，你的志向真的很远大，前途也很光明。"

菠萝妹妹满脸骄傲。没错，有人宠爱的小女生就是这么甜！

2

虽然菠萝妹妹要把懒惰发扬光大的论调，很多人接受不了，但是我却觉得挺好的，女人有时候真的需要懒惰一点，不管在爱情还是婚姻中，不是所有的勤快都能有相应的收获。

佳佳是我女友当中最勤快的一个，她有轻微的洁癖。

以前佳佳一个人住，她总是把自己租住的小地方，收拾得那叫一个干净整洁。我这个家务活总是做得马马虎虎的家伙，每次看见了都要感叹一番，她是勤劳的典范。

因为我做不到像她那样，每天下班回家，不管再累都要拖地。除此之外，她还会把家里的角角落落，一一排查，一看到有一点灰尘就赶紧擦。

佳佳单身的时候是这样，和老公结婚之后，面对90平方米的小家，她依然是这样。

所以她总是告诉我，她很累。我问她做了些什么，她就告诉我，她每天回家做家务有多辛苦。

我问，你现在有了老公，怎么不让你老公帮你一起做家务？这样你会轻松点。

佳佳一脸嫌弃地说："就他？他拖地就像是没有拖一样，做的菜不是煳了就是火候过了，难吃死了。与其让他这样耽误我的时间，还不如我自己勤快点。"

我们一般人的家里都是有点杂乱的，但是她家在她的精心整理下，连进门口换下来的鞋子，也要摆放整齐。

可是，她的勤劳、累死累活的生活，并没有让她很幸福。因为她把很多的时间，花费在做家务上，夫妻沟通交流很少。

结婚不到 3 年，她老公就出轨了。佳佳提出离婚，她老公也同意了。

离婚之前，她老公对她说：我不需要家里有多干净整洁，我最想的就是每天晚上回来，我们一起躺在沙发上看看电视，或者一起出门去看场电影，好好放松下。而你，总是有忙不完的家务，明明衣服可以丢进洗衣机，你却偏偏要手洗。和你在一起，我看着都觉得累。

佳佳想不通，她老公怎么这样。

我倒觉得，她老公是习惯了她的付出，觉得理所当然的，因为没有亲身体验，所以总是觉得一个女人操持家务是件容易的事情。

3

而我另一位朋友吴倩，跟佳佳简直相反。婚前，吴倩就明确和那时候的男朋友表示，自己没有做菜的天分，她也想学习，但不是把锅烧破了，就是把盐当成糖了。意思就是，要是你接受不了这样的我，咱们就别结婚了吧。

她的男朋友表示，你没有天赋，我有就可以了。

确实，吴倩的男友自从和她在一起后，改变了很多。他也是家里的独子，以前家务活从来没有做过。但是为了女朋友他把家务活都学会了，并且做得还不错。

结婚之后，男友荣升为老公，但是她老公并不倨傲，家务一样做，饭也做。

有时候，就连吴倩的母亲都看不下去了，说女儿太懒惰了。

其实，吴倩是把时间用在了工作和学习上，她在职场上顺风顺水，级别一直升，工资也一直涨。

后来，为了减轻她老公的负担，他们请了钟点工，因为吴倩的工资足够支撑请个钟点工的费用。

这些年，倩倩从来都是容光焕发的，按照自己喜欢的方式生活。家里很多事情都是她老公在操持，他们的夫妻感情，没有因此而变淡，反而越来越好。

有一次，她和我们聊天，说："我是觉得自己挺懒的，但是也觉得挺好的，最起码我把时间花在适合自己的事情上，完全是按照自己喜欢的方式在生活。"

4

在我们的文化里，几千年的传统流传下来的惯性思维就是，女主内，男主外。

很多女人，明明有才华，有抱负，却深受这种思想的毒害，把自己埋没在烦琐的家务活里。看起来是挺勤快的，并不一定是幸福的。

前几年，我姑姑常常让我未出嫁的表妹学习做饭，学习做家务，说这是一个女人必备的能力，学不会以后就会遭到老公和公婆的嫌弃。

表妹常常反击说：谁说这些都是我的活儿？我不会找个会干家务活的老公啊！

每次的争执，必然是不欢而散。

我姑姑的担心，并不是没有道理的。在我们的传统观念里，一直强调女人必须勤快，要做贤妻良母。现在也很流行：没有丑女人，只有懒女人。

在这些观念的作用下，很多女性就像是老黄牛。比如说我母亲那辈人，一辈子辛辛苦苦地操持家务，逢年过节累得要死。男人则是坐在一边聊聊天，喝喝茶，太不公平了。

何况现在，女人也顶半边天，我们也在上班挣钱，和男人一样辛苦。所以，我们没有必要抱着过去的传统观念，来要求自己。

我们完全可以懒惰一些，完全可以按照自己喜欢的活法，慵懒一些。

不想做的事情可以不做，不开心的事情可以不做，吃力不讨好的事情可以不做。

没有必要用过去传统的道德枷锁绑架自己，所有的家务活让自己承包了，让男人在一旁看自己忙碌，到头来，还落得他们嫌弃我们。

　　就像佳佳的老公一样，因为没有参与感，他体会不到家务活的烦琐和辛苦。最后，还抱怨辛苦的佳佳，没有按照他喜欢的方式一起生活。

　　所以，身为新时代的女性，我们可以活得懒惰一些，并且把这种懒惰发扬光大！

让人感到舒服，是一个人最大的魅力

1

好友阿青，纤细窈窕，不管怎么看都是淑女一枚。这样的一枚大美女，我们常常在猜想，最后她会花落谁家？

按照我们理想的标准，阿青未来的老公，就算不帅气，最起码也得高挑，这样才能配得上高挑的她。

一别几年，阿青请我们去北方参加她的婚礼的时候，我们还没见过她男朋友。去之前我们问她：是不是一个大帅哥？她说：估计要让你们失望了。

我们想，阿青肯定是谦虚了，因为很少有人会承认自己的另一半帅，哪怕他真的很帅。

婚礼前一天，我们紧赶慢赶地到了她所在的城市。阿青和她的准新郎开车来接我们。看到准新郎的那一刻，我们都惊呆了。

不高，不帅，有点黑，唯一可取的优点，大概就是笑起来，露出两个可爱的小酒窝。只是人家现在是司机呢，我们没法提出心中的疑问。

到了她家，阿青让新郎去安排住宿，我们在他们的新房里面聊天。急性子的云云再也忍不住了，迫不及待地问阿青：你的眼光我表示怀疑，想你当年也是系花一朵，就算不嫁给一个高富帅，新郎也不是这个样子的吧？

一边的我，也点头，表示了同样的疑问。

没想到，阿青想了想说，追我的人确实很多，也有很多条件不错，人也长得不错的，但是他们都没有他给我那种感觉。就是，和他在一起，让我觉得特别舒服安心。所以，我想就是他了。

还有这样的？就因为那个人让你感到舒服，你就嫁了？我们觉得不可思议。

阿青说，原本她的父母也不同意。后来，她安排父母和她的准老公见了一面，他们立刻改观了。

这让我们的好奇心更重了，那个人真的有她说的这么好？

等我们到了宾馆，发现出了点状况，因为准新郎有两个好朋友临时过来，所以他们预订的房间不够了，但是目前这家宾馆因为接待了一个外地旅行团，没有多余的客房了。

我们看到他在那里和客房部经理交涉，不急不躁，淡定平和。光是这一点就让我刮目相看。我见过很多男人，一言不合就和服务员争吵，要不就用发脾气表达自己的不满，有的还爆粗。而像阿青准老公这样的，少见。后来经过协商，问题很快解决了。

办完住宿登记，他过来，对我们微微一笑："让大家久等了，不好意思。"自始至终，没有不满，没有焦灼。

等到晚餐的时候，我们一帮很久不见的朋友，玩得很开心。难得聚在一起，一个劲儿地聊天，这位准新郎，很少插话，大多是在微笑着倾听，脸上挂着标志性的小酒窝。但是他眼观六路，除了不断地给阿青布菜，还能关注到我们这帮朋友的需求，不时地给我们倒饮料，递餐巾纸，整个过程大方得体。

我终于明白了，为什么阿青选择了他。如果吵闹的我们就像是开得浓烈的牡丹，那么他就是牡丹树下，那片青青的草地。第一眼看上去，不太出众，但是鲜艳的牡丹看久了，青草的好处就显现出来了。

婚宴结束，返程之前，我对阿青说，我想我明白了你的选择，他真的是个让人感到舒服的人。

2

对一个人的定义有很多种，而让人感到舒服，我是第一次从阿青那里听说。

但是细想，其实我也有不少让人感到舒服的朋友，这就是他们的魅力所在，所以我们情不自禁地向他们靠拢。

好闺蜜莲就是其中的一个。

我和她相识于高中，高一开学的时候，我晚去了几天。等我报到的时候，教室里都坐满了，大家各自忙着，听我自我介绍的时候，只有莲一脸微笑地看着我，她让我看到了友善。

当老师准备给我安排位置的时候，莲指着自己旁边的空位说，让我过去坐。我很开心和她成为同桌。

事实上，高中三年，我受她的影响颇深。

每次遇到不会做的代数题、几何题，我就很沮丧。莲总是拍拍我的手，说："没事没事，要是你什么都会了，那你不就是数学老师了？这不是很正常嘛。"听到她的话，我难过的心情就会瞬间转好了。

我的考试成绩总是起起伏伏，时好时坏，特别是高三的时候。有时候考不好，班主任就会找我谈话，继而各科老师单独谈话，搞得心情抑郁。

有一次，我很难过的时候，莲悄悄地塞给我一本小说。我问她哪里来的，她说校门口的书店租来的，调节心情用的。

后来，每次考试完那两天的晚自习，因为老师们要阅卷，教室里基本上没人管，我们两个就会偷偷看两个晚上的小说。一本小说看完，我的心情被治愈了，又开始准备下个月的考试。

直到现在，我都很感谢莲。她的淡定平和，让我在枯燥乏味的学习中多了一些安定和从容。就像她的名字，她时刻散发着淡淡的莲香，让我这个同桌也受到了清香的熏陶和感染。

如今，我难过或者烦躁到了极限时，还是会找莲聊聊天。虽然我们不在同一个城市，但是听着电话那端她柔柔的声音，就像沐浴着春风，闻着花的芬芳，一派温馨，所有的不快，都会渐渐消失。

很庆幸，我有这样一个好朋友，一个让我觉得舒服的好朋友。

3

我们办公室，也有一个 90 后小妹妹，让人感到舒服。

她每天都是一副乐呵呵的样子，单纯善良，见到谁，就能给谁带去阳光。

不管遇到什么事情，我没有听到她抱怨过，每天从她那里听到的不是她的挫事，就是她的囧事，无端地让人快乐。我们形容她是阳光，用自身的能量，普照着整个办公室，所以我们这里的绿植长得都比别人好，同事也更和睦，更快乐。

我常想，这样的让人感到舒服的孩子，到哪里工作都不会被炒的吧？哪怕她能力不出众，她都是个受欢迎的人。

她给我们讲过一件趣事：

一次，她租房子，拍视频给她老妈看，她老妈一针见血地指出：咦，你们竟然还有厨房，还有切菜板，请问你会做饭不？于是她就不说话了，她老妈在那头开心大笑，知女莫如母啊。

她笑着给我们讲完，说："我老妈最喜欢做的就是拆我的台。"

我似乎有些明白，她的乐天派个性来自哪里了，估计就是受她妈妈的影响吧。

工作久了，我们都缺少这样的一份快乐和纯净。很幸运，我周围有这样一枚开心果。

每天早晨，见到开心果一来，对我们甜甜一笑，难挨的工作日似乎也不那么难过了。

4

纵观这些让人感到舒服的人，他们都有一个特点，就是让你和他在一起不设防，很轻松，很放松。那种感觉，就像是冬日午后的阳光，暖暖地照耀着你，让你身体的每个毛孔都是快乐的；又像是在午后安静的咖啡厅，你就那么安静地和他们坐在一起，听着古老的曲子，心里也会是宁静祥和的。

这就是他们独特的人格魅力吧。

所以，我喜欢和让人感到舒服的人在一起，他们会带给我平和，带给我阳光，最重要的是带给我内心的宁静。愿你也有这样的朋友和爱人，愿你也是这样的人。

你不可能讨好每一个人，做你自己就好

看金韵蓉女士的《美丽笔记》，书中提到：

由于长了一对极为细小的眼睛，许多第一次和我见面的美容同行，常常在寒暄几句之后委婉地告诉我，现在国内的整形手术十分先进，只需要一个多小时就能把我这个令人遗憾的缺点给修正过来；也有人语重心长地建议我画一点眼线、贴双眼皮胶带或戴假睫毛，也有"小眼放大"的效果。

但是金韵蓉却说，我并不反对整形或化妆，但是我反对为了讨好别人而去整形或化妆；我也绝不反对适当地修饰自己，但是我拒绝不知道自己适合什么，只一味地往脸上涂抹。

她的这种"不讨好他人，做自己就好"的态度，我十分喜欢，也十分推崇。

1

几年前，我有个要好的女同事，有一天她告诉我们说她下班

了要去相亲，是家里人安排的，她无法拒绝。

下班前半小时，有个同事提醒她：你怎么还不去打扮一下？你平时上班，穿得休闲、素面朝天也就算了。今天不同啊，你去相亲啊，并且那个人有可能是你未来的另一半，你不想给他留个好印象？

这位姑娘淡定地说："我凭什么为了他改变自己啊？这本来就是我的真实面貌，我也不是个爱打扮的人。今天，我就要给他呈现我本来的面目，免得他以后说我骗他，明明是个女汉子偏偏装淑女。"

于是女同事就那么一件宽松的 T 恤、一条牛仔裤，穿着一双帆布鞋，素面朝天地去相亲了。

第二天早晨，我们问她结果如何。

她说："我昨天吃了两碗饭，把人家吓到了。那人说，我果然与众不同，别的和他相亲的女孩，为了保持身材，都不怎么吃饭，只有我不顾形象地大吃。"

我们又问："你怎么回答他的？"

女同事说："这就是我本来的饭量，我要是在你面前装一次，以后每次和你约会，我不都得憋着？明明想吃，还得忍着，多遭罪。"

我们好奇地继续问："你这么不客气，人家肯定是见你一次，就不想见你第二次吧？"

女同事说："错了，那个人说他第一次听见有人像我这么说，他觉得我很真实。临走，要了我的联系方式。"

后来呢，那个相亲男特别欣赏我们女同事的真诚和不做作，最终抱得美人归。

婚礼上，我记得主持人问他："老婆最吸引你的是什么？"他是这样回答的："她很真诚，也很真实，不讨好人，我很喜欢！"

这才是真爱，爱她的真诚，保护她的真诚，让她开心快乐地做自己。

2

我还有一个女朋友，在一场聚会上，对一个男孩一见钟情。

她通过朋友的朋友，摸清楚了男孩的爱好。

男孩喜欢长发飘飘的女孩，她为他留起了长发；男孩喜欢穿长裙子的女孩，喜欢穿休闲衣服的她开始学着穿长裙子、高跟鞋；男孩喜欢淑女，外向、活泼、开朗、不拘小节的她开始学着笑不露齿，尽量穿淑女衣装；她明明喜欢路边摊，可以敞开怀大吃大喝，却陪他去他喜欢的西餐厅，学着用刀叉……

我们看到她，都替她感到累，劝她还是本色地出演自己。

可她说，他不喜欢啊，所以我要为他改。

是的，她最后变成了他喜欢的样子。他们确实有过一段很美好的时光，这些都是建立在她的伪装上。

后来呢，那个男孩还是提出了分手，说女孩没有主见，太黏他，他受不了。

这个朋友，当时要崩溃了。可是第二天起，她又做回了自己，剪短了头发，穿着休闲的衣裤，和我们在路边摊吃烤串，拼酒……

我们问她怎么想通了，她说："这才是本色的我啊！我想通了，以后不再为别人改变自己，我就要做自己。他爱喜欢不喜欢，我开心就好了。"

后来很狗血，那个提出分手的男人，见到这样的女友，表示要重新追她，而女友没有回头。她说，想想和他在一起的时候，自己变得完全不像自己就害怕，她不想走老路了。

我们也为她开心。

3

不管是在生活上，还是在爱情上，我们常常会看到很多人，为了取悦他人，而改变自己本来的样子。

这是很危险的事情。

因为他喜欢的，未必是你喜欢的。到最后，你变得面目全非，也许连自己都不喜欢了，他怎么可能喜欢？

聪明的人都知道不讨好别人，做自己就好！

自己喜欢就是喜欢，爱了就是爱了，不奉承，不献媚，只做自己。

没有必要因为他人和世人的眼光而改变自己，我就是要做那个特立独行的自己，我就是要做那个不拘一格的自己。多快乐啊！

很多时候，世俗喜欢评论那些和他们与众不同的人，那是世俗的眼界太窄小，他们见不得标新立异的东西。

很可能，有些人晚上躲在家里，偷偷地标新立异呢！

所以，不必在乎世俗，爱了就坚持，喜欢了就追求。不管是成功还是失败，做最简单和真诚的自己就好，那本身就是自己的魅力。

在乎得太多，考虑得太多，最后，连自己都不认识自己了，何必呢？

所以，亲爱的你们，从今天起，学着不讨好别人，做自己吧！

一个人，把寂寞开成花

1

我认识好多个娜姑娘，每一个都不同。但她们目前有一个共同点：单身。

昨天晚上，我在微信上问娜姑娘一号："你一个人寂寞吗？"

娜姑娘不改她以往嘻嘻哈哈的本性，说："当然不寂寞，就算真的寂寞，姐也能让寂寞在心里开出一朵花。"

听她这样一说，我瞬间觉得寂寞也变得灵动了起来，仿佛真的不再是寂寞，而是在我们眼前开出了一大片的繁花。

娜姑娘一号三十有二，北漂一枚，是个文艺女青年。她喜欢一切文艺的东西，最喜欢穿各种民族特色的服装，并且那些服装好像是专门为她定制的，美丽又别具一格，和她那特立独行的性格相得益彰。

后来我想，别的衣服是配不上娜姑娘的气质的，只有这样有特色的服装，才是她的范儿。

几年前，我刚认识她的时候，她是有男朋友的。

后来分手，是因为男孩认为，北漂太累了，两个人工资又都不高，他想带着娜姑娘一起回老家去过安生日子。

娜姑娘拒绝了，因为她觉得自己还没有漂够，她的理想还在远方召唤她。

男孩回了北方的老家，娜姑娘一个人穿梭在偌大的北京城，竟然也活得活色生香。

她一个人去看画展；一个人吃饭；深夜加班完，一个人勇敢地穿过黑暗的小巷子回家。

娜姑娘一号，最喜欢一个人的周末。她抱着她的小可爱笔记本，去离住处不远的咖啡厅，点一杯卡布奇诺，闻着咖啡的香味，煮文字。

累了，看看窗外行走的人和流动的云，她这样常常一待就是一整天。

我说好枯燥，娜姑娘说你不懂。

我是真的不懂。

去年，娜姑娘写了一本书，上市之后，效果出乎意料地好，她一夜成名。

尽管她仍然干着出版社小编辑的活儿，现在却也小有名气。

成名后，她更忙了，她的理想也实现了。我问她理想实现之后的感觉，她说就是没感觉，一切本该如此。

一切本该如此。我想，只有超级自信的人，才会这么淡定吧。正如娜姑娘一号。

2

　　娜姑娘二号，也是个特立独行的姑娘。她原本是学美术的，在一家培训机构教小孩子画画。

　　她每天打扮得特森女，正如她恬静的性格。这样的她，就是站在那里，什么也不干，也是一朵安静的花儿，让人怎么能不瞩目？

　　娜姑娘却从来没有那种意识，她是个主意特正的姑娘。

　　去年，她在我们不解的目光中果断辞职。对此，娜姑娘回答，我要去做点有意义的事情。

　　家人对三十有一的娜姑娘擅自离职非常不满，娜妈妈更是操碎了心。女儿没有工作，没有男朋友，年纪一大把，可怎么办？

　　娜姑娘，自有办法。

　　她去参加西点培训，学烘焙。因为有美术功底，娜姑娘的裱花做得特别好，自创了很多独特的造型。

　　我问她："怎么突然想到去学这个？"她说："我每天课不多，下班回家，寂寞无聊，漫漫长夜无法打发。有一天，突然看到别人制作的精美蛋糕，好漂亮啊，这哪里是蛋糕，简直是一件艺术品啊！这又勾起了我心中的艺术梦，所以我就想去学习啊。"

学成之后，娜姑娘二号开了一家网络微店，专门制作蛋糕和小点心，因为质量有保障，加上娜姑娘的点心美味又漂亮，很快就深受顾客的喜欢，回头客越来越多。

现在，每天晚上娜姑娘都很忙，她得守在烤箱前，等待她的艺术品出炉。很多次，她等着等着就睡着了，被烤箱叮的一声惊醒。可是她不再寂寞，在这样的长夜漫漫中，有她心爱的蛋糕陪伴她，她很幸福。

我见过用心做面包的她，真的像一位艺术家，安静、认真。

娜姑娘是真的不寂寞，和忙碌成正比的是收入的增多。

她还很会享受，每隔一两个月，她会停止接单一周，然后用自己赚来的钱，潇洒地走天下，让我们各种羡慕嫉妒恨。

尽管活得很潇洒，但是娜妈妈的催婚，偶尔也让娜姑娘烦躁，她常说的一句话是：有一种急，叫妈妈替你急。

说完，娜姑娘二号还是继续投入自己的新事业，乐此不疲。

3

娜姑娘三号的年纪相对较小，她今年二十有五，正是享受大好青春年华的时候。

不过，娜姑娘的经历有点小曲折。

就在去年春天，她24岁那年，顶着所有人的反对，逃婚了。

娜姑娘三号大学毕业之后回了自己所在的小县城，考上了公务员。用娜姑娘的话说，工资不高，日子清闲，一眼能够看得到头。

见娜姑娘回到了身边，爸爸妈妈还有七大姑八大姨，为她的婚事操碎了心。

刚上班的那段时间，娜姑娘平均每周要相亲三四场。她痛苦不堪，并且又都是熟人介绍的，没法拒绝。

后来，她总算遇到一个看对眼的，那人也是一名公务员，按说也算是门当户对了。

在家人的催促下，娜姑娘很快和那人订婚了，婚期也确定了下来。

娜姑娘却不快乐，她不想那么早把自己的人生交代出去。娜妈妈对她说："孩子，你想什么呢？对方条件那么好，配我们家也足够了，我们就你一个女儿，肯定希望你过得好一点。"

但是娜姑娘心中的过得好，不是这样的。男朋友，每天下班之后，不是和牌友打麻将，就是玩游戏，要不就是看电视，这不是她想要的啊，这也不是年轻人该过的生活啊！

虽然父母在身边，虽然身边的亲戚朋友很多，娜姑娘却越来越寂寞，那是一种发自心底的寂寞。她常常在暗黑的夜里，睡不着觉。

寂寞让人成长，也让人有了挣脱一切的勇气。

定好婚期不久，娜姑娘逃婚了。她辞了工作，去了深圳。

父母亲人对她的举动很失望，和男方家里赔礼解释。而她却如一尾即将渴死的鱼，瞬间回到了大海，心情舒畅，快乐畅游。

现在的娜姑娘，在深圳，和几个好友合租房子，工资不高，下班回家也没有妈妈做的饭菜，还得加班，但是她真的很开心。

每天下班之后，她赶着去上培训班，是的，娜姑娘逃出来之后，觉得自己像是脱离人海很久，她发现自己变得 out 了，目前她报考了人力资源管理师，正在努力啃书中。

每个周末，娜姑娘会和自己的驴友团一起去周边的小镇或者小城旅游，这样的她，快乐自在，真的把自己活成了一朵美丽的花儿。

前段时间，我问她感觉如何，她说："我觉得自己的选择是正确的，虽然父母一直不能理解我的选择，可是我觉得目前的生活才是我想要的。哪怕是有一天，我累了，再次回到父母身边，但是最起码我努力过，我奋斗过，也不会有遗憾了。"

我又问，现在你的心还会寂寞不？她答："现在，我已经不知道寂寞是何物了，每天有学不完的东西，做不完的工作，哪里有工夫考虑这些？恨不得一天变成 48 小时，让我可以多做点事情。"

这是三个娜姑娘分别战胜寂寞的故事，她们的寂寞不相同，却各自把寂寞开成了花，把日子写成了诗。

我们很多人的人生，其实和这三个娜姑娘差不多。

只是很多人，渐渐地被寂寞吞噬，任由时光放逐自己，最后沉沦。

而这三个姑娘，在寂寞的激流中，勇敢地和寂寞搏斗，找到了适合自己的路。尽管这条路上荆棘丛生，但是最终她们将抵达自己的繁花似锦。

不要把自己的幸福交给别人

前几天，一个妹妹和我在微信上聊天。

自从有了孩子，两个人的生活变成了一地鸡毛，这位妹妹很失望，末了，感慨地说："以前我以为，他会给我带来幸福。谁知道有了孩子，进入婚姻的实质期，发现根本不是那么一回事。家里样样都需要我操心，有时候真心觉得很累。"

我能够理解这位妹妹的感受，因为我自己也是过来人。

但是我不赞同的一点是，她把自己的幸福寄希望在自己的老公身上。每个人都有能力创造自己想要的幸福，如果把幸福的希望寄托在他人身上，不管那个人是谁，都难免会失望。

我知道几个朋友自己创造幸福的故事，每每想起他们都深感佩服。

一个师弟，刚上大学的时候他家条件很好，我们都忙着打工，他不缺钱花，还有多余的钱买花来讨好女朋友。

那时候我们看着潇洒的他，每天穿着白衬衣穿梭在校园里，别提多幸福了。男生嫉妒，身为女生的我们也暗自羡慕。

只是这样的幸福，在师弟大三上学期化为了泡影。

　　他的父亲因为投资失利，破产了。一夜之间，他们家的房子和车子都没了，还欠债。受到巨大的打击，他的父亲一蹶不振，母亲身体也不好。

　　他带着父母回了老家安顿好，自己一个人回到学校。

　　他开始向我们打听做兼职的事情，他要去赚钱养活自己、养家。我帮助他介绍了一份发传单的活儿，临近毕业，我把手里的家教也转交给了他。

　　那段时间，师弟过得很苦。有一天晚上，和室友路过操场的时候，碰到他一个人孤零零地坐在看台上发呆。

　　我去旁边的小卖部买了两罐啤酒，去陪他。见到是我，发呆的师弟回过神来，我把啤酒递给他。

　　他默默地喝，过了好一会儿才说："姐，我以前以为幸福很简单，那时候有爸爸呵护我，我从来没有缺过钱。现在不同了。还好有你们帮我。但是真的好辛苦，有时候我都觉得我快要撑不下来了……"说着说着，师弟的眼泪流了出来。

　　看着难过的他，我知道这个小男孩正在承受他这个年纪不应该承受的压力。我想了想，安慰他说："你要把自己的幸福掌握在自己手里，虽然现在有点难，但是过后，你会发现你真的很了不起。"

　　师弟想了想，苦笑着说："也许吧。"

　　我拍了拍他的肩膀说："别难过，生活总会好起来的，加油。"

　　那之后，我见到师弟的时候不多，因为他每天都很忙。

我工作后，听说师弟被保送了研究生。中间我们渐渐地失去了联系。直到前年，我打开我很久不用的邮箱，发现里面有他的一封邮件。

我按照他留下的联系方式加了他，才知道他现在已经是一家公司的老板了，家里的债也被他还清了。

他说："姐，你当时说的是对的，我很努力，虽然那时候我也怨恨我的父亲，为什么他要让我来承担这一切。但是我一路努力过来，发现幸福真的掌握在我自己手里。如果不是那场变故，我可能还被我爸呵护着，永远也不会成长。"

我没有问过他中间是不是有失败或者难熬的时候，因为我知道肯定有。寻找幸福的过程，本来就是辛苦的啊。

还有一位邻居，微信群里大家都叫她夏夏，一位全职妈妈。

认识她的时候，我也是全职妈妈。那时，空闲时候我最多就是写写字，赚点微薄的稿费，还不够给娃买零食的。而她不一样，那时候她开了一个微店，利用自己以前的资源，卖各种漂亮的收纳柜、储物柜。因为她以前是一家大型家具店的导购员，她从中看到了商机。

从刚开始各种艰难，到后面越来越顺，收益节节攀升，她一个人做得风生水起。我好羡慕她，尽管她说她都是被逼迫的。

有了孩子，家里的开销特别大，她老公的工资还完房贷，勉强够家里人花销。她在家带孩子，没法出去挣钱。为此两个人没少吵架。

有一次她又抱怨老公，谁知她老公却说："我已经尽力了，你要是有本事自己也可以赚钱去，凭什么全部靠我？"

话不中听，也很让人生气。

但是她想想这一年多以来过的日子，觉得自己过于依赖老公了。

她决定自强起来，做点带孩子之余能够做的事情。

微店刚开始开的时候，她每天趁着孩子休息的时间去经营店子。有时候处理客户的问题，孩子在一边哭，她也手忙脚乱，也曾挣扎无奈，也曾抱怨。

好在，她都坚强地挺过来了。现在她每个月轻轻松松利润过万，孩子也上了幼儿园，家里的生活条件也因她的努力变得越来越好。

一次，我和她聊天，她感慨地说："还是要靠自己啊，自己挣的钱，才能花得痛快，自己努力得来的幸福，才是实实在在的。"

第三位主角是我一位同事的妈妈，也是个很要强的女人。

当年她的老公外遇转移财产之后，这位热爱文字的女人，没有哭也没有闹。她带着自己的女儿，在那座城市的城中村租了一间小屋栖身。

每天，她研究很多杂志的样文，认真地写文章。刚开始，收入很不稳定，她们甚至被房东赶出来过，连买米的钱都没有。

那时候是纸媒的高峰期，随着稿子越写越好，她的收入越来越高，而后自己买了房子。

她出了一本书，在做新书推广的时候，她认识了一位离异的男士。那个人幽默风趣，条件不错。后来这个人做了同事的继父。

后来，他们的生活一直过得很幸福。

我有幸见过那位幸福的妈妈，她的脸上是那种柔和的幸福的笑，看不到过去的苦难，还是像小女生一样纯粹干净。

这位妈妈给我们树立了一个很好的榜样，那就是，不管多么苦，都要相信生活，相信幸福，也要主动地追求自己的幸福。过程虽然艰辛，结局往往比较圆满。

当然，我也见过很多把幸福交给别人的人，过得都不幸福。

世界上，没有白来的幸福，与其靠别人，不如靠自己。不去努力，你永远都不知道自己的潜力有多大。

要相信自己，通过努力，终将抵达幸福的彼岸。

好好爱自己，才会有更多的人爱你

1

有一位久不联系的朋友，前几天传了一张她的近照到朋友圈。

我的第一感觉是朋友变漂亮了，以前的她总是穿着随意，美其名曰自己舒服就好。头发是千年不变的短发，好打理。眉毛从不修理，像一堆杂草。

现在的她，化淡淡的妆，穿着淡绿的连衣裙，眉毛像是细细的柳叶，头发早已经长长，垂直披肩，穿高跟鞋。

第一眼看上去，这样的她让人舒心又惊艳。

我问："你是不是谈恋爱了？"只有恋爱，才会让女人变得美丽，毕竟女为悦己者容嘛。

她很快回了一个笑脸，说："没有，我只是变得爱自己了。以前，经济条件有限，我得省钱，发愁住的地方。现在工资高了，我有能力让自己过得好点，有钱买自己喜欢的东西，所以我全面地投资自己。"

朋友报了瑜伽班，有空去练瑜伽；买自己喜欢看的书，不论去哪里都带着书，每天抽空读一读，丰富自己的内心世界；去很多自己想去的地方旅游，国内国外，一个人潇洒走世界。

因为爱自己，加上内外兼修，她的气质越来越好。

提到找男朋友，朋友说："我这么爱自己，还会愁没人爱我吗？只是我还没有遇到那个属于自己的合适的人罢了。

"我这么美丽，又这么努力，他迟早会来到我身边，我将以自己最美丽的姿态迎接他。"

听她这么一说，我觉得还真的是那么回事，光是想想都会让人觉得美好。

2

这也让我想起一个离异的姐姐。

这位姐姐，以前从来没有为自己活过。

刚开始上班的时候，她拼命地挣钱，供自己的弟弟妹妹上大学。好不容易，弟弟妹妹都大学毕业了，她已经二十八九岁了。

她没有谈过恋爱，因为那些年她压根顾不上，总是想着挣钱、省钱。

等弟弟妹妹都开始上班了，她也就剩下了。

后来，还是一个亲戚，介绍了一个老实忠厚的男人给她。

两个人结婚不久，男人打算从事业单位离职，去开公司。

刚开始的时候，很艰难。这位姐姐为了帮助自己的老公，身兼财务、前台、扫地大妈、业务员数职。

最辛苦的 3 年，她几乎没有为自己买过一件好衣服，没有吃过一顿好吃的，却没有忘记给自己的老公和女儿买新衣，做好吃的。因为常年操劳，又没有保养，大姐的皮肤粗糙，看起来比实际年龄老十多岁。

从第四年开始，她老公的公司开始发展得顺风顺水。大姐在老公的建议下，回家享清福。唯一不变的是，她依然舍不得为自己花钱。

到了第七年，她的老公有了外遇。小三闹得他们的生活鸡犬不宁。大姐果断地离婚了。

离婚后，她才发现这些年，自己一味地为亲人付出，除了苍老的容颜，什么也没有剩下。她发誓要为自己而活。

离婚的时候，前夫给了她一些公司的股份，还有不少现金。她不缺钱花，她想好好地享受生活了。

她重新布置了自己的家，换了柔软的床，养很多花和绿植；去美容院，每天做护理；办了健身卡，每天去健身；养成早睡早起的习惯，经常去爬山；她的厨房里从来不缺新鲜的水果，以前买很贵的水果，她还要掂量掂量，现在想吃，她就满足自己；每天，她给自己和女儿做丰盛的饭菜，清淡但是营养丰富；穿自己以前舍不得买的很贵的衣服；假期带女儿去看外面的大千世界。

坚持了一年多，大姐的身材越来越好，皮肤也越来越好，衣着有品位，因为积极地参加社交活动，她也变得越来越乐观，越来越自信。

到最后，反而是她前夫后悔了，和小三离婚，求着她复婚。她没有同意，因为她很享受现在的生活状态，爱自己，参与各种丰富多彩的活动，生活也变得五彩缤纷。

据说，现在有不少男士向她示爱，但是她没有接受，因为她正在积极地学习国画，还有她从小就想学的古筝。

看着活得这样自在的她，我们都很感慨。

原来，一个爱自己、对自己好的女人，和一个不爱自己的女人，真的是天壤之别。

3

我认识一个男性朋友，几年前，他在北京创业。

为了支持他，父母卖掉了老家的两套房子给他筹款。但是支撑了3年，他的公司连本都没有收回来，反而还欠别人钱。

最重要的是，父母为了他，连栖身之所都没有了。

他自责难过。那一年，他过得十分颓废。

每天不上班，在租来的小屋里，抽烟打游戏，难过的时候，一个人悄悄地哭。

因为不出去运动，暴饮暴食，他越来越胖，最后从一个型男变成了一个大胖子。这还不说，他不去工作，每天颓废着。父母为了他，出去打零工挣钱，看着这样的儿子，他们无能为力，更多的是心疼。

因为长期熬夜，饮食不规律，朋友患上了严重的胃病。

一天，胃病复发，他疼得晕倒了，被送到医院。我们去看他的时候，他沧桑得不成样子，明明不到 30 岁，却像是五六十岁的老头儿。

看着这样的他，他的母亲心痛又难过，甚至跪下来求他，让他好好爱自己。看着白发苍苍的母亲，那一刻，他突然醒悟，就算不是为了自己，也不能辜负父母。他们本来可以在老家的小县城安度晚年，却因为他来到北京，陪着他吃苦受罪。

醒悟过来的朋友，先是办了一张健身卡，每天去跑步、健身。他还积极地找工作，他本来就是编程高手，很快被一家大型公司聘用。

就这样，他渐渐地步入正轨。欠下的债，他用 3 年的时间还清了。

第四年，他给父母在老家的小镇上买了一套小洋楼，送他们回去养老。现在是第五年，他还是在积极地存钱。

不一样的是，三十有三的他，有了爱他的女朋友。前段时间，看着他发的和女友秀幸福的照片，我感觉真的是时移世易。

4

以前，我也是个节约的人，超过 200 块的衣服和鞋子，我都会觉得贵，看到自己喜欢的东西，拼命地说服自己，不要买，太贵了，不划算。

现在，我会给自己买花，买绿植；看到喜欢的东西，在经济能力许可的范围内，尽量地满足自己，不留遗憾；好看的衣服和鞋子，在自己能接受的范围，穿着也不错，那就买吧。

凭什么要隐忍，要对自己那么坏呢？

好好爱自己，一个人的精神状态都不一样了，只有你对自己好，好运气才会降临你，才会有越来越多的人爱你。

我不喜欢那种天天抱怨的人，抱怨生活抛弃了她，抱怨为什么自己对家庭付出那么多，到头来老公变了心，便宜了别人；抱怨工作……好像全世界的人都在与她为敌。

其实，不过是你放弃了自己、不爱自己罢了。

真正聪明的人，从来都是知道爱自己的，因为爱自己，你将会收获不一样的人生，收获自己想要的幸福。这个法则，男女通用！

当你羡慕别人时，别人也在羡慕你

1

我的大龄剩女好友娜娜告诉我，她现在都不敢刷朋友圈了，因为每刷一次，她就会郁闷很久，继而觉得自己的生活简直是糟糕透顶。

我好奇地问她："你为什么会有这种感觉呢？"

娜娜说："每次一看朋友圈，不是晒各种漂亮的娃娃的，就是晒二胎的，要不就是晒美美的结婚照的，晒结婚证的，还有晒自己新买的车，晒自己买的第二套房的。这让我这个大龄剩女，情何以堪啊？

"每次和你们一比，我就觉得自己特别悲惨。天天被老妈远程遥控去相亲就算了，你们这些家伙，还在朋友圈里刺激我。"

我说："告诉你一个秘密，我很羡慕单身的你，是发自内心的羡慕。"

娜娜发给我一串很长的问号，表示不解。

我说："你一个人，不用操心养家，自己赚钱自己花；没有买房，就没有房贷；没有孩子，就不用为每个月的奶粉钱发愁；没有生孩子，就不会面临身材走样的苦恼；一个人想去哪里，说走就走，我们则要拖家带口；每天你有很多自己的时间，可以一个人发发呆，我一下班回家，就得围着孩子家务转圈圈……"

听我说完这么一大长段，娜娜说："好像也是这样的。只是，你现在说的这些，养家啊孩子啊房贷啊，我不是迟早都要经历的吗？"

我说："那你就更没必要羡慕我们了啊，人生的每个阶段都有每个阶段的好。单身的时候，就好好享受单身的好，做点自己喜欢的事情；成家了有成家了的好，有人陪，但是也面临着很多责任。"

这下觉得自己饱受刺激的娜娜美女，终于沉默了下来。

其实，不止娜娜，我们每个人都是这样的，我们总是会忍不住羡慕别人的生活，觉得他们的生活，怎么就那么完美，为什么我就这么糟糕。

真的是这样的吗？

2

我有两个好朋友，小晶和小珍，我们三个人关系特别好。

大学毕业后，小晶回了老家的小县城，当了初中老师；小珍则去了上海，在一家广告公司工作。我呢，前几年，到处漂，居无定所，最近才稳定下来。

有段时间，小晶告诉我，她好羡慕我和小珍。羡慕我，是因为我毕业后，一路到处漂，虽然辛苦，但是去了很多城市，走过那么多的路，看过那么多的风景。

她更羡慕小珍，因为小珍通过自己的努力，当了总监，在上海安了家。不定期出去旅游，并且多是欧美国家。

我们两个生活都那么光鲜亮丽，而在小城市的她，很少出门，感觉和我们比，有很大的差距。

在她说这些话之前，小珍也告诉我，她很羡慕小晶，因为她生活在小县城，房价不高，生活稳定。她是老师，有寒暑假，不像我们，一年就那么几天年假，有时候还没得休。平时想休息下，想想要被扣掉的工资，就打消了念头，还是打起精神上班挣钱去。最重要的是生活在老家，离父母近，随时都可以去看看他们。不像我们离家十万八千里，让父母来玩，他们都不乐意，就算来了，他们也会不适应，闹着要回家。

小珍的话，完全说出了我的心声。

后来，我把小珍的话告诉了小晶，告诉她说其实我们更羡慕她。她很诧异，我说是真的，每个人都有羡慕别人的生活的理由。其实有时候，自己的生活，就是最好的生活。

只是每个人，在现实生活中，往往看不到眼前自己生活的美好，而喜欢去看别人，觉得别人都比自己强，都比自己好。

3

我有个小学同学峰，前些年在老家办了一个机械加工厂，生意红红火火的，买了房买了车。

我们很羡慕他。可是他却告诉我，他很羡慕我们那个留在北京的同学阳子。

阳子研究生毕业后，进了北京一家外企，通过自己的努力，几年后当上了副总。

他发的朋友圈，不是度假，就是在喝茶或者咖啡厅，要不就是飞来飞去，见识不同城市的风景。

有次我说，你的生活怎么那么滋润呢？羡慕嫉妒恨啊！

他却回我说："去度假山庄不过是因为工作需要，需要见客户罢了；去喝茶或者去咖啡厅，同样还是工作需要，为了见客户；在飞机上，飞来飞去，不过是出差，谈业务。那些图片，都是我在忙碌的间隙拍下来的，为的是让自己看到点美好的东西，不然真的要累死了。"

话题一转，他说："你知道吗？我最羡慕我们那个小学同学峰，他是个人才。在老家办厂子，钱不少赚，还自由，不像我，干得再好，也不过是给别人打工罢了。"

又是一个互相羡慕，却不自知的。

只是彼此都不了解对方的生活罢了，真的了解了，让他们互换，未必愿意。

我们总是喜欢羡慕那些我们触及不了的别人的生活。我想大概是因为我们到达不了，没有更深的体会，所以只是看起来新鲜罢了。

其实都是如人饮水，冷暖自知。很多人晒出来的，只是他们想让人知道的一面罢了，更多的是他们不愿意让人们知道的。

我很认同这样的话：所有光鲜亮丽的背后，都曾熬过无数个不为人知的黑夜，都有一个千疮百孔的灵魂，都有不愿被提起的痛苦。

要知道，没有谁的生活是完美无缺的，一切只是我们的选择不同罢了，每一种不同的选择，都要付出相应的代价的。

所以，我们不要去羡慕别人过得有多好，抱怨自己的生活有多糟，要知道你也很好，只是你还不知道罢了。

畅销书作家 meiya 说过，与其理想化他人的生活，不如把自己的生活过成理想；与其羡慕别人有漂亮的鞋子，不如穿着自己的鞋子潇洒地奔跑。

这也是我想说的。

在最好的年纪，穿最好的衣服

1

我常去美甲店，认识一个美甲师，是个 20 岁的小姑娘。

小姑娘肤白貌美青春洋溢，每次看着她白皙的皮肤配红唇，我都很羡慕。

唯一有点不搭的是，小姑娘明明有纤细的小蛮腰，却总喜欢用宽大的 T 恤掩盖起来。

上次，我和她开玩笑说："明明你有 A4 腰，大长腿，却总是被那宽松的衣服掩盖着，完全没有凸显自己的优势，我要是有你这么好的身材，我就要做个'小腰精'，把小蛮腰露出来。而不是等到以后，万一身材变形了，后悔自己在有好身材的时候，没有穿合适的衣服。"

可能是我的话打动了她，等我这次再去的时候，小姑娘穿的是露肩碎花收腰连衣裙，裙子长度刚好到膝盖。

她的小蛮腰很好地呈现了出来，身材的优势一下子就显现出来了，整个人更加青春靓丽。

我的夸奖让小妹妹有点不好意思，她一个劲儿地说衣服是淘宝买来的，才几十块钱，是便宜货。

我说："不在乎衣服的贵贱，关键是衣服是否合身得体。你更应该自豪的是，你把地摊货穿出了大牌范儿。建议你拍照上传弄个买家秀，店家一定会感谢你的。"

小妹妹不好意思地笑了。

穿着这么美的衣服，配着她那娇羞一笑，如出水芙蓉，清香淡雅。这才是她这个年纪的主旋律。真好！

2

我的好朋友中，最会穿搭的应该是闫萍。她很会寻找适合自己的衣服，搭配相应的妆容和饰品。

我记得第一次见到她的时候是在 9 年前。那天她穿的那条天蓝色的棉绸长裤，很显身材，也很衬她的白皮肤和气质。哦，那天她的眼影和裤子也是一样的色系，让我印象深刻。

那时候，我虽然大学毕业了，依然是个土包子，不会穿搭。有次面试还被一家公司的女老板诟病，别提多囧多羞愧了。

可想而知，漂亮又穿着得体的闫萍，在我眼里简直是仙女一般的存在。

闫萍的梳妆台抽屉里，分门别类地放着各种精致的饰品，价格不贵，每一样都很适合她。每天她穿搭完毕，会为自己化合适的妆，每天都美美哒。

上个月，她在朋友圈发的美照，穿着淡粉色的旗袍，典雅高贵，让她在一群美女中间脱颖而出。

大概一个人的穿搭风格和做事风格，也是相似的吧。

闫萍还做得一手好饭菜，每次看她做出来的成品，光是看看，都让人流口水了。

一个精致的女子，应该像她这样由内而外都散发着那种淡淡的精致气息，让人舒服舒心。

3

我从小到大，都是个土包子。

从小在农村，妈妈是个不爱打扮且不会打扮的人。可想而知，她能给我关于美的教育也是有限的。

小时候，只有过年的时候，才有漂亮的衣服穿。平时基本上没有。

我记忆中，第一条很美的裙子，是在上小学一年级的时候。那条裙子是住在镇上的舅妈送给我的。粉红色的，裙摆带着荷叶边，真的很美。太美的后果就是，我这个土包子舍不得穿。

那时候，总觉得穿得太漂亮引人注目是件让人羞愧的事情。

这条裙子，我只穿过一次，被很多人夸奖，然后我不敢再穿，只好放在衣柜里偷偷看。

结果第二年，我想穿的时候已经穿不了了。我很伤心，一直想把这条裙子收藏起来，但是后来被我妈偷偷地送人了。

总体来说，我小的时候，是个很保守的孩子。流行萝卜裤、踩脚裤的时候，我都是到最后才敢穿出来的。

现在想想好遗憾。

那时候，我很少有机会买新衣服穿，衣服大多是捡表姐和小姑的。这还导致我不敢穿新衣服，总觉得旧衣服弄脏了也没事。对新衣服爱惜过度，总是放到快要穿不得的时候再穿。这个习惯，一直延续到我上大学，才稍微好点。

可想而知，我错过了很多展示美的机会。

但是我也有爱美心，只是被隐藏了。

记得初中那段时间，我有个玩得好的朋友叫琴琴，她是城里姑娘。有次我去她家玩，没带换洗的衣服。她主动拿出她的长裙子给我穿。那件裙子是藕粉色的，领子是白色的娃娃领，袖子上有蝴蝶结。那时候我觉得穿着那件衣服好美，尽管它不属于我。

那件衣服，在我的整个年少记忆中，算是留下了美好的一笔。要知道，那时候，我天天穿的都是校服。哪怕只是穿一小会儿裙子，已经是件与众不同的事情了。

幸好，大学的时候，我还穿过几件不错的裙子，没有一直灰扑扑的。

时光不可逆，我现在开始明白，要在最好的年纪，穿正好的衣服。

这个正好，指的是适合自己，上身效果很好，并不是指贵的。

因为贵的，并不一定就适合自己。

4

当然，如果条件许可，经济能力也不错，买两件贵的适合自己的衣服也还是挺好的。

有人会说，穿那么好干什么，不如花钱投资自己的内在。爱美之心人皆有之，内外兼修才是根本。一个得体的人，必然也是一个穿着恰当的人。

刘若英在《一世得体》中写她祖母如何拼命做到"得体"二字：

祖父是军职，家里帮忙的人都是服役或退役的"男丁"。可能也因此，祖母在家中永远形象端正。只要出了卧房门，她永远一身齐整旗袍丝袜。这规矩不只适用于她自己，一家人都得遵从。我听说母亲怀孕期间，身子一天天臃肿，旗袍领口却不敢宽松，最后干脆躲进厕所假装拉肚子，只为可以坐在马桶上将领子松开，好好地看本武侠小说。

这样衣着得体的女性，很少有人不爱。

在职场和其他场合，衣着恰当也代表着对人的尊敬。

不管是年少还是年老，每个年纪都有代表自己特色的衣服，愿我们在每个年纪，都能穿出自己的特色。

尤其是成年之后，有了一定的经济能力，更要对自己好点，让自己穿得得体有品位。这样做，你也会更自信更美丽，继而爱上这样的自己。

只有心甘情愿，才会变得简单

1

我有一位远房表妹，大学毕业那年，去外面工作了半年，过年回家的时候，就被她父母"扣押"在家了。

因为她父母怕她远嫁，于是她一回到家，就让周围的亲戚朋友给她介绍男朋友。

表妹对这件事情本来就不热衷，后来她发现她父母这样做，是为了把她留在老家，彻底不干了。

那段时间，他们家里天天爆发战争，表妹和她父母天天发生争执。她的父母也很生气，觉得她不服管教，双方闹得不可开交。

有一天姑姑向我妈妈抱怨这件事情，我妈妈劝她："你们还是放她出去工作吧，好不容易大学毕业，她肯定希望去外面看看，以后要是不行，她会心甘情愿地回来的，现在她在外面还没有过够瘾儿，你们把她留在家里，只会让她怨恨你们。"

也许妈妈的话起了作用，表妹被"释放"出去了。

这一出去，差不多又是一年。再次过年回来的时候，亲戚问她，去年那个见过面的男孩对她非常满意，还在等她，问她愿意不？

这次表妹想通了似的，不仅和男孩见了面，还主动和他一起回家见了父母。两个人的事情，就这么定下来了。

后来，表妹就留在家乡，考上了公务员，心甘情愿地陪伴父母，心甘情愿地结婚成家，婚姻挺幸福的。

那个姑姑，也像是明白了，我去年过年回家，听她和我妈妈她们聊天。

提到表妹，她说，幸好当时放她出去了，她才心甘情愿地回家，觉得还是家里好。要是他们一直压制她，指不定表妹现在是什么情况呢。说完自顾自地感慨。

2

很多年轻人，包括我自己，刚大学毕业的时候，就是想去外面闯荡一下，哪怕撞得头破血流，最起码见识过了，经历过了，心服口服。

父母再次提议，我就会明白他们是真心爱我的。但是如果没有这些经历，我会觉得父母不理解我，会反抗，结果肯定是糟糕的。

有个学弟，他老爸在地方电视台混得还不错。家里人通过关系，给他在电视台找了份不错的差事。

但是学弟不乐意，他和父母大吵一架，说你们凭什么干涉我的决定，我就要出去看看。

虽说他父母最终妥协了，但因为学弟和父母的关系闹得非常僵，是一段不开心的经历。

在外面打拼了两三年，学弟发现生活和工作并不容易，他心甘情愿地要求回去。

他的父母见儿子主动要求回来，欣慰至极。

因为在外面闯荡过，经历丰富，一进电视台，学弟如鱼得水。现在他凭借自己的能力，已经混成了台柱子。

去年，他来武汉出差，我们见了一面。

我问他，当年死活不愿意回去，后来怎么想通了？

学弟说，主动选择回去，一是父母年纪大了，需要照顾；二是大城市房价也贵，压力太大。因为他是主动要求回去的，所以，回去之后适应得还不错。以前很多看不习惯的东西，也克服自己，学着接受了。

3

学弟这么说，我是深有体会的。

刚毕业的前几年，我也在几个城市工作过，但是对那些城市都没有家的感觉，不管我怎么努力，还是感觉融不进去。后来我决定安家的时候，首选还是我熟悉的武汉。

因为我是心甘情愿地回来，所以回来之前，也考虑过回来之后会面对的种种困难。

因为有了心理准备，接受起来，非常容易。有了困难，解决得也非常顺利。

而我一位闺蜜，和我经历了相反的事情，虽然我们在同一个小区买了房子。

买房子的时候，其实我们都不在武汉，但我们都想回来发展，因为关系好，也希望以后彼此有个照应，所以选择了同一个小区，期待着以后能住在一起。

但是，后来她把房子买了，她老公并不愿意回来。因为她老公没有在武汉待过，心理上对这座城市一直比较抵触。为了不回来，她老公总是以武汉的待遇没有深圳好、小区的交通不便这些原因来推托。

因为他不是心甘情愿，朋友再愿意也没有用，只得继续陪他在深圳，一家人申请廉租房住，而这边的房子空着。

我因为心甘情愿地回来，所有的问题都不是问题。回来之后，反而觉得心里踏实了。

这就是差别。

4

不知道从哪里看到过一句话：任何一件事，只要心甘情愿，总会变得简单。

感情是这样，工作是这样，学习是这样，生活还是这样。

如果一个孩子心甘情愿去学习，和被强迫着去学习，那效果是截然不同的。因为心甘情愿，所以孩子会让家人省心，效率也会非常高。而强迫带来的结果是，父母和孩子都非常累。

想通了就会明白，很多时候，并不需要强迫。

如果他心甘情愿地去做一件事情，那么就支持他；如果他不愿意，就随他吧。

心甘情愿总归是一种让人愉快的体验，这种快乐会带来很多正面的积极的效果。反之亦然。

希望我们不管做什么都是心甘情愿的，那样世界将会变得更加美好。

为什么你总是想得多、做得少

很多读者给我的留言，都是类似这种：我好想去学古筝，我想去学画画，我想去旅游，我想去学英语，我想这一年要多读几本书，我想……

眼看着这一年只剩下两个月了，可是年初的那么多"我想"的计划，还是处在"我想"的状态，并没有去实施，或者是只做了那么一两项。

看看自己那么多"我想"的计划都还是计划，心情真的很糟糕，顿时觉得自己受到了一万点的打击。

这种感觉，不止他们有，我也有。

曾经有一段时间，看着同事放弃了开车，天天骑着自行车上班，我也想骑车上班。只是想到，我坐公交到单位都要 40 分钟，骑自行车的话，需要的时间更久，我肯定坚持不下来，所以我就放弃了。

曾经有好几次，我和朋友们商量着，买辆小自行车，春秋天的时候，带着孩子去小区附近的赏花大道，过一个舒服的周末，可是已经冬天了，我们的车子都没有影儿，别提出游了。

曾经我计划每个月至少读两本书，可是后来我发现，每个月我能读完一本书就不错了；我还想去学插花，这样每次买来鲜花，就不只是简简单单地放在花瓶里了；我还想去报个兴趣班，学点感兴趣的东西，可是想了快一年了，还只是在想的状态。

每当看到我想的那些计划被朋友们实现了，我就很羡慕，真的是羡慕嫉妒恨。

是啊，为什么，我们总是想得那么多，做得却又那么少？你分析过原因吗？

（1）这件事只是你一时冲动的想法。看见朋友的英语说得非常溜，出国旅行，教孩子都不成问题，我瞬间就萌生了去学英语的想法，刚开始还能找出英语单词看看，可是越看越觉得无聊没劲。

因为好像我的生活中目前也没有需要用到英语的地方，除了教孩子，慢慢地我就觉得学习英语不重要了，就放弃了。

刚开始还挣扎一下，多可惜啊，我怎么就放弃了呢？

可是时间久了，也就淡了。后来想想，有这种想法，大概是我受到了刺激才出现的，所以来得快去得也快。等热度一消失，我就没有动力了。

你会不会也有这样的时刻呢？

如果一个想法，一直在你心里，不仅没有随着时间变淡，反而越来越想去做，你就要抓住机会，赶紧去实现它了。因为这个不是你一时兴起的想法，而是你心心念念的想法，所以做起来必然会事半功倍。

（2）害怕做不好，干脆不做了。决定开始一件事情之前，很多时候是未知的，尤其是那些需要挑战自己的事情。

好友莉莉烘焙手艺了得，制作各种蛋糕点心，都不在话下，她做出的这些糕点味道好，卖相也好。有段时间，我们鼓励莉莉去开一家烘焙坊，她自己也很心动。

结果我们等了很久，她还没有开始。问及原因，她说觉得太麻烦了，要找店面，还要操心装修，还得考虑投资成本和收益，还得请人。万一要是做不好，那投入的钱不都打水漂了？

她越想越担忧，后来干脆就放弃了。

很多人也都像莉莉一样，包括我自己，对一件未知的事情，因为各种担忧和害怕，最后自己吓跑了自己。

其实呢，这些担心百分之九十是不会发生的，但是我们就是因为自己的多想，把自己吓跑了。

因为害怕开始，我们错过了太多。

（3）把时间浪费在无意义的事情上。很多人计划的事情，也开始做了，就是没有得到想要的收获。

几年前，我接了一本书稿，一个月内要写完，每天我计划写五千字，我信誓旦旦地向编辑保证我一定按时交稿。可是当我开始写的时候，我才发现，我一会儿想喝点水，一会儿想想今天要吃点什么，一会儿想去吃点小零食，一会儿又去看看手机。

这样一天下来，效率低得出奇，我自然是无法完成任务。

拖到第二个月，我只得对自己狠狠心，每天背着电脑坐公交去图书馆。在那个安静的氛围下，没有任何干扰，周围的人都在看书学习，我的心也静了下来，效率奇高，任务自然完成得很快。

其实很多人明明是有计划的，计划也合理，但就是执行起来很困难，那是因为干扰太多了，最常见的就是手机，一会儿不看手机就心里痒痒，忍不住去看两眼，结果一下子就看了很久。

（4）太贪心，什么都想做，结果最后什么都没做。

很多人看到别人很厉害，觉得自己该努力了：我要做的事情好多啊，我想要学英语，想要学钢琴，想要练瑜伽，想要学烘焙……

这么多，我都想做，但是先开始哪一个，没有定论。开始练习瑜伽吧，我又放心不下烘焙；开始练钢琴吧，又想着英语，最后自己的心越来越烦躁，干脆什么都不做了。

这样的时刻，我也有过，想看书吧，又想去写字，又想去跑步，好像先做哪一个都不能令我满意，最后索性都放弃了。

（5）能力有限，做不了想做的。

就拿学习英语来说，一个英语基础特别差的人，想一个月之内学会英语阅读，这个还是有点难度的。

前几年，有个朋友月入三千元，天天喊的是要去欧洲游。可是那时候，她每个月都是月光，所以喊了很久都还在喊。结果，她觉得自己备受打击。

当时我告诉她的是，可以先从这个城市的风景开始啊，然后扩大到周边城市，等收入提升了，再考虑国外游。

事要一点点做，饭要一口口吃，目标也不能超出自己的能力之外，超出了，必然是不堪重负，想法还是想法。

那么我们怎样才能把自己的想法，通过行动，一点点地实现呢？

（1）把自己想做的事情写下来，按照轻重缓急来。

先做紧急的、最想做的、最重要的，然后再做剩下的那些想做的。一件件来，一点点来，一点点进步。

（2）把要做的事情定一个期限。

不管是做什么事情，要定一个期限，用时间管理来监督自己完成的情况如何。可以画一个进度条，一个期限内只做一两件最重要的事情。没有期限的话，人们很容易懒散，甚至放弃。

（3）把一个大目标，拆分为很多小目标。

目标都是一点点实现的，你让一个人一下子翻过一座大山有点难，但是一座座小山，一点点地往上走，总会爬上去的。

实施计划也是这样的，比如一个没有任何烘焙基础的人，要去开一家烘焙坊，她就算不学着做，也得了解糕点的制作过程，还得了解和投资相关的知识。一点点地学，每一个小目标的完成，都是在积攒力量和信心，让你冲向最后的大目标。

（4）每天反思。

不少事业成功的人，或者时间观念非常强的人，都会做个时间分析表格。每天的计划，是不是都按时按点完成了，到了晚上，对照看看，分析一下，需要改进的地方改进，做得好的地方，继续坚持。这样才是为自己的想法助力。

（5）学会给自己打鸡血。

计划实施的过程中，肯定会遇到一些阻碍。这时候最好的办法就是在自己的脑海里想象一下，梦想实现了的情形，想得越具体越生动越好，这也是一种鼓励自己的办法。那种喜悦，会变成我们前行路上的催化剂。

当你不去在意的时候，你的世界便会明亮起来

1

周末我在家休息时，有个朋友给我发信息说她最近很难过。

我问是什么事情，她说最近新换了一份工作，离开原来的单位适应新单位之后，她想起来给原来单位里和她关系很不错的一个同事问声好，结果发现信息发不出去，因为对方已经删除了她，也可能是拉黑了她。

朋友新换的工作，福利待遇都比原来的单位提升了不少，她只对这个看起来和她关系不错的同事说过。

她说："她以前对我是不是就是虚情假意啊？还是说她现在嫉妒我混得比她好？"

我说："不管是哪一种情况，都说明她没有把你当作真正的朋友啊，既然她都没有把你当作真正的朋友，你又何必在意她，令自己伤感呢？"

朋友说："想想以前我们一起出去吃饭、逛街，一起聊孩子，

聊得那么开心，如果这也能够装出来，那还真是太令人伤心了。"

我说："绕来绕去，你又绕回来了。你早就不是职场新人了，在职场上厮杀这么久，这么简单的规则，你还看不明白吗？不管是哪一种情况，你都应该放下，学着去在乎那些在乎你的人，不要为不在乎你的人浪费时间啊。"

不知道我的话，朋友最后听进去没有，要是听不进去，她肯定还会伤感一段时间，那就只有等时间来治愈她了。

2

我曾在书上读过这样一个故事：

有个女孩，是广州一家时尚小店的店主，成都人。她3岁的时候，她的父母就离婚了，母亲从此不知所终，风流的父亲对各类情人殷勤备至，对自己的女儿视而不见。

女孩一直跟着爷爷奶奶生活，但是她5岁的时候，奶奶去世；6岁的时候，爷爷去世。除了姑姑，基本上没人管她。

因为自己糟糕的境遇，她特别缺乏爱，这个女孩特别在意别人对她的评价，特别惧怕被同学和同龄的孩子疏远。为此她拼命地讨好他们，尽管她用尽了各种各样的方法，但是同学们依然不喜欢脏兮兮的她，依然嘲笑她穷，嘲笑她难看。

一次学校组织学生交钱换新课桌，其他人都交了钱，唯有她没有钱交，用的是旧桌子。同学们都不愿意和她一起坐，她一个人坐在角落里，却还是逃不掉同学们对她的各种奚落和嘲笑。抑郁至极的她想到了去死，她不想活了，这样活着还有什么意义？

那天她一个人，拿出一张纸，左边写"活着的理由"，右边写"死去的理由"。结果死去的理由远远多过了活着的理由。

看着这张纸，她悲伤得号啕大哭起来。也不知道哭了多久，她越哭脑子里越清明，内心深处有个声音对她说：你是很惨，非常惨，但是越是这样，你越是要好好活下去。

也许是突然间想通了，她撕掉了那张纸，决定好好地活着。从那时候起，她便不再在乎别人对她的评价，也不再在乎别人的目光，更不再惧怕同学的嘲讽。

大概是因为她的不在意，因为她想通了，她的性格也变得开朗了不少，那之后，她的朋友反而越来越多。

后来她进了初中、职高，朋友更是多得不行。职高毕业后，她去广州打拼，结识了各行各业的很多朋友，他们都喜欢她，因为她的积极乐观。这个充满苦难的女孩，是心理学上的一个意外。她以超强的生命力，长成了一株顽强的大树，不再惧怕任何风雨。

究其原因，是因为那次哭过之后她的放下，因为放下，她不再和自己的人生较劲，不再去刻意地迎合别人，只为自己而舞，然后带动周围的人和她一起舞。

3

这个女孩是茫茫人海中一个特别的存在，也是一个正面、积极的例子。

只是现实生活中的我们，往往做不到这样，更多的都会像是我那个朋友一样，放不下。

因为太过在乎，所以弄得自己很不开心。

在这个微时代，很多人，仅仅是一两面之缘，加了微信，有的继续聊着，然后就散了；有的不再联系。但是我们总是希望，别人能够像我们记住他们一样记住我们，不然就会失落好一阵子。

可是真正值得你在乎的又有几个人呢？

很多时候，我们拼命地努力，改变了自己，也未必能够改变别人对你的看法，反而连累自己。

那样真的太累了。

我很羡慕那些活得特别淡定的人。任尔东西南北风，我自岿然不动。这样的淡定，也是对自己的一种肯定。但是很多人，还在纠结，今天谁把我删除了，明天谁屏蔽了我，后天谁说的那句话，是不是暗示了什么？

有时候，你拼命地想对所有人好，但是并不是所有人都会领你的情，认可你的好。总会有不和谐的声音出现。既然这样，还不如放自己一条生路。

喜欢你的人，不论你怎么样，他们都会喜欢你；不喜欢你的人，不管你怎么样，在他们眼里都是错误的，都是不顺眼的。

有时候越是在乎，伤害就会越深，反而是洒脱一些，才会收获真正的幸福和友情。

对我好的，我们也会对他们好；不在乎我的，我们也没有必要在乎他们。

想通了，也就是那么回事，何况成年人的世界就是这样的呢。

而我们需要的是接纳和原谅，还有不在意，这样我们的世界才会一片明亮，我才是真正的我。

Part3

没有地老天荒，
你凭什么说那是爱

有没有那么一个人，一直在等你

　　一个失恋的朋友跟我说："你说这个世界上，痴心的男人怎么那么少？当初的海誓山盟，在更好的选择面前立马什么都不是了；怎么就没有一个真心为我的人呢？"

　　我说："不是没有那样一个人，只是那个真正对你好的人还没有出现罢了，也许有一天，你会和他不期而遇。"

　　朋友说很难。我也知道很难，但有一个故事，常常让我觉得要怀有希望。

　　一个男孩有个会唱歌的姐姐，她的姐姐在初中的时候结识了一个会跳舞的闺蜜，两个人常常一起玩，于是，男孩也跟姐姐的闺蜜熟络起来了。

　　不知道什么时候，他竟偷偷地喜欢上姐姐的闺蜜。他喜欢去培训班找姐姐，因为这样能见到姐姐的闺蜜练舞，对他来说，这是很美好的时光。

　　但是，他只能以弟弟的身份尽力地对她好，将她偷偷地放在心里，不能表白，因为他觉得不可能成功。

后来，姐姐和闺蜜一起考上了省会城市的艺术院校，而他呢，随后努力考取了和艺术学院相隔不远的体院。

有事没事，他就去找姐姐，其实更多的是为了见到姐姐的闺蜜。

一晃，姐姐和她的闺蜜都毕业了，而他还在上大二。好在，她们都在这个城市找到了工作，两个人都在一家教育培训机构当老师。他还有机会经常过去看她们。

他大四那年，姐姐的闺蜜遇到一个经商的男人，很快嫁人移民美国。他知道后，沮丧了好一阵子。

后来，他重新振作了起来。因为他也要去美国，尽管他们不可能在一起，他也要在她不远处守候着她——简直堪比痴迷林徽因的金岳霖。

家里人已经在一所高中给他安排好了工作，他放弃了，为此和家人闹得很不愉快。姐姐得知他想要出国的原因后，考虑了很久，决定支持他，并且说服了父母。

他去美国读研，毕业后留在了那里。这一切都是因为她，虽然他们不在一座城市，但是同时呼吸着美国的空气，他已经知足了。

彼时，她已经是两个孩子的妈妈。岁月并未在她的脸上留下任何痕迹，她依然美丽，依然热爱跳舞。

他们不常见面，她的很多消息，他都是通过姐姐知道的。

他在一家高级俱乐部当高尔夫教练，长得帅，人也儒雅，风度不凡。身边追求他的各国姑娘排成了排，可是他对她们真的没有感觉。他想他的爱大概都悄悄地给了她，只是她不知道，而他却甘之如饴。

转眼，他已经在美国工作了7年，30多岁了。作为家里唯一的男孩，父母不止一次地催促他的婚事，但隔着遥远的大洋，父母也拿他没辙。

正在这时候，姐姐告诉他，闺蜜离婚了，因为她的丈夫有了外遇。

他得知后，第一时间赶到她所在的城市，默默地陪在她身边，帮她看护孩子，照顾憔悴不堪的她。

因为他的陪伴，她渐渐地走出了离婚的打击，开始好好地生活。

一个合适的机会，他对她表白了，她的第一反应是，不同意。毕竟这么多年，她一直拿他当弟弟看。

他看着她，沉默了好久才说："你知道吗？这么多年，我一直在等你。本来我已经认为没有希望了，看着你幸福，我也觉得幸福。但是老天大概看不下去我孤零零的一个人，给了我机会。我想抓住这个机会。"

听完，她潸然泪下。仔细一想，过往的种种一一浮现在眼前，她终于开始明白，他对她的爱有多深多重。

她开心地答应了他的求婚，抛开了所有的成见。

婚后，他们过得很幸福。尽管他的身边依然有很多诱惑，但是他对她的爱，足以坚定地抵御这一切诱惑。

听完我大致地讲完故事，朋友说："好感动，可是现实世界中，这样的好男人，真的太少太少了。"

一个男人，能够坚定不移地守护自己的初心，十几二十年都在坚持等待自己的所爱，他该是怎样一位纯真无邪又深不见底的男人？

我告诉朋友说："你不要自暴自弃，也许世界上真的有这么一个人，一直在不远处看着你，等着你。有一天，在你最无助的时候，他会来到你的身边，给你世界上最好的爱情。"

虽然这样的人太少太少，但是我们得坚信这样的爱真的是存在的，而不仅仅存在于电视、电影、小说里面。有希望地往前走，才有机会遇到那个最好的人。

你虽然不完美，但是我喜欢

他在那家电子厂干了三年，从普通员工做到小组长。

她在那家电子厂干了两年，是一名小小的杂工，多是负责收拾碗筷。

如果不是偶然的一次机会，他们是不会有交集的。

那天，他吃完饭，回到宿舍，才发现手机丢了。想了很久，才想起来应该是在餐厅吃饭的时候，把手机放在桌子上，忘记拿走了。

抱着试试看的心理，他决定回去找找。要是一把雨伞丢了，他可能就算了，但是这部手机是他上个月新买的，里面记载着很多重要的电话号码，最重要的是绑定了支付宝，如果丢了，麻烦就大了。

他来到餐厅，看到自己吃饭的那张桌子上早就空空如也。就在他沮丧地准备离开时，一个声音叫住了他："你是不是在找手机？"

他回头一看，叫住他的是一个穿着食堂工作服的女人，看起来 30 出头的样子。

他回答是。女人说自己刚才在收拾碗筷的时候，捡到一部手机，核对了手机号码和型号之后，女人把手机还给了她。

他千恩万谢，而她却红着脸不好意思了。

那之后，他去餐厅吃饭的时候开始留意她。他发现，她的右脚有点跛，但是干起活来手脚麻利。

因为那次的手机之缘，看到他，她会冲着他微笑，他也会点头。他很喜欢她的笑容，两个小酒窝浅浅的，让人无端地觉得安心。他有时候会想，这么善良的女人，谁有福气娶到她，一定会很幸福吧。

那天，他和老乡从外面逛完街回来，在工厂后面的小巷子遇到她，她正在流泪。他犹豫了一会儿，让老乡先走，自己过去叫住了她。

看到他，她有些不好意思，赶紧用手把眼泪擦干。

他问她怎么了，她摇摇头，一副不愿意说的样子。

他只好换个话题，问她吃饭了没有？她摇头。

于是他二话不说拉着她去了旁边的一家小餐馆，她不愿意进去，他说，就当是上次她捡到他手机的谢礼。

可能是餐馆的环境让人放松下来，也可能是他对她全然陌生，让她有了倾诉的欲望。

原来，她已经结婚近十年了，他的老公和她闹离婚，已经有四五年了，但她一直拖着。

刚刚她的老公再次给她打电话，让她赶紧回去办离婚手续，因为有人给他生了一个孩子，已经满月了，需要上户口。

她的腿有点残疾，也是第一次她老公和她闹离婚的时候，她神思恍惚，被车撞的。因为婆家人拿到了司机的赔偿却不愿意给她治疗，所以她的腿落下了残疾。

腿上的伤好了之后，她跟着老乡来了这里打工，已经四年多不曾回过老家了。

她说她已经想通了，明天就请假回老家去办离婚手续，这样拖下去也没有意思。她靠自己还能活，也挺好的。

听完她断断续续的讲述，他的心里很震撼。想不到瘦弱的她，背后竟然有这样曲折的故事。他原以为她有疼爱她的老公呢。

或许是和他聊天倾诉了自己的痛苦，分别的时候，她主动对他说："谢谢。"

看着她的背影，那一刻，他突然觉得这个女人很伟大，他想要呵护她，给她一片天。

女人办完离婚手续回来，他们再次相见。或许是真的放下了，她不再伤心，很乐观。他经常看到微笑的她，那抹温暖的笑，总是让他挪不开步子，移不开视线。

有一天，他在餐厅吃饭，女人从旁边走过，他听见了她的咳嗽，看着她有些苍白的脸，他有些难受。

吃完饭，他去药店买了药，守在食堂门口。她下班的时候，他把药塞给她。

看着那几盒小小的药，她觉得很温暖，这么多年，她已经很久没有感受过温暖了。她很想抓住这抹温暖，可她很快就扼杀自己的念头。他还那么年轻，值得更好的人，她不能拖累他。

那之后，她尽量躲避着他，但是他却追随着她。她不理他，他就默默地跟在她后面，看着她也很美好。

终于有一天，她受不了了，对他吼："我已经这样了，你值得去找更好的，你天天这样跟着我，我很累。"

他平静地说："我知道啊，可是我就是喜欢你啊，天天想着你，就想看着你。"

听他这样说，她哭着说："不值得啊。我比你大十岁，又不漂亮，也不能生孩子，我什么也给不了你，你明白吗？"

他点点头说："我都明白，可我还是喜欢你。"

她听了，忍不住痛哭，他上去抱着她。

他本来以为她软化了，肯答应他了。结果一周后，她的同事告诉他，她辞职了，要去另外一个城市打工。

他追到火车站，总算找到了她，他说："别走，为了我留下来。"看着跑得满头大汗的他，她无法不动容。

后来，她留了下来，重新找了份工作，他们真的在一起了。

那年过年，他回老家，邀请她一起，她没有同意，只是说，让他回去好好和父母谈谈。因为她的情况，没有父母能够接受的。

果然，他回家说了她的情况，父母都极力反对。他是家中的独子，父母把所有的希望都寄托在他身上了，现在却是这样的结局。父母接受不了，他们甚至给他下跪，让他和她分手。看着痛哭流涕的父母，他也跪下了，期望他们成全他。

亲戚们听说，问他，那个姑娘有什么好的，值得你这样？他直说，我喜欢。

后来，年迈的父母还是对他妥协了。春节后不久，他领着她回去办了结婚证，举行了婚礼。

父母看着这样的儿子，叹息之余，更多的是心痛。

现在的他们留在他的家乡，陪伴他年迈的父母。她对他的父母很孝敬，像是对待自己的父母一般。

看着这样幸福的他们，父母稍微放心下来，有时候也会叹息。

她明白他的父母有多难，能够接受她，已经是上天给她最大的福分了。她不求更多，只求能和他安然相守，他也是。

在他们附近的乡间小路上，常常会看到他们一起出来散步，相依相偎，他们是乡亲们眼里的爱情神话。

这一切都是因为他爱她，虽然她不完美。

你是这世界上对我最好的人，却不是我最爱的人

1

我一个人去看了《大鱼海棠》，除了画面唯美，我记得最深刻的是椿一次次对湫说："你对我真好，就像我哥哥一样，你是这世界上对我最好的人。"

其实，椿从来就明白湫是爱她的。但是她不爱他，所以湫对她的爱，她只是表面上装作糊涂，心里却跟明镜似的。

因为她确实不爱湫，所以无法回应他。哪怕最后湫为了成全她的爱，付出了生命。

爱，是个温暖的字眼，但是仅限于相爱的人之间。

如果，爱没有得到相应的回应，甚至太爱的一方付出得太多，不爱的那方，还会认为是负累。

2

几年前，我有个好朋友小雪，她遇到一个对她非常好的男孩。

那个男孩从大二开始就在追她，冬天的早晨为她买早饭；每天帮她打开水；她身体不舒服，男孩给她送药；晚上陪她上自习……

只要她想去哪里，想做什么，男孩知道后，肯定会默默地陪着她。

就这样，两年下来，小雪真的被这个男孩感动了。

她答应了做他女朋友。尽管她一直知道他对她很好，好到无可挑剔，可是她的心里却对他没有爱的感觉，有的只是感动。

因为这种矛盾的心理，小雪也很难过。

有段时间，她对男孩的态度特别差，可是他总是好脾气地包容她。

小雪很想气走他，这样她心里的负担少一些。

但是不管她怎么闹，怎么挑剔，男孩还是对她不离不弃的。最后，她自己都觉得自己是在无理取闹。

我们一帮好友，都觉得小雪挺作的。

她说她也很痛苦。她常常觉得男孩对她太好了，而她不能回应他，她的压力也很大。

终于熬到了大学毕业，男孩签了一家深圳的公司，小雪为了陪伴父母，回到了家乡的小城。

现实是，他们必须要分开了。男孩不舍，小雪却如释重负。

因为从此之后，她不用有心理负担了。

后来，小雪在北方小城遇到一个她爱的男人，那人对小雪不是太好，可以说和小雪的前男友，无论脾气性格还是其他方面，都差远了。

但是，因为小雪爱他，在她眼里，这个男人就像春天的花儿一样美丽。尽管他并不帅，脾气也很臭。

小雪嫁给这个男人的时候，我们都说她疯了。

明明当年有那么好的一份爱，和对她那么好的一个人，她却不要，转而嫁给一个不是太爱她的人。

小雪说："我也知道啊，可是我就是爱他。虽然我知道他对我并不是最好的，但是因为我爱他，所以所有都是可以原谅的。"

你看，爱与不爱的差距就是这么大。

很多姑娘或者小伙子，不爱一个人的时候，常常给对方发好人卡，你对我真好，我好感动。

可是感动又如何，你还不是不爱他！

和爱相比，感动的力量太微薄了，仅仅能够在人的心上掀起阵阵涟漪；而爱则不一样，爱是狂风巨浪，汹涌而来，谁也抵挡不了！

3

我有个发小，叫浩子，他有个青梅竹马的女友笑笑。

笑笑真的很爱浩子，和他在一起，处处照顾他，迁就他，为他洗衣做饭，从来不说一声委屈。

她记得浩子的生日，很多浩子没有想到的事情，她都替他想到了。

可浩子对她并不好，有时候连我都看不下去了，觉得浩子像使丫鬟一样使唤她。

可是笑笑却乐此不疲。我常常替她叫屈，她总是笑着说，谁叫我爱浩子呢。

最后呢，浩子娶了一个认识不到一年的女人。

他和笑笑之间的 25 年，还抵不过这短短的一年。

最重要的是，为了他，笑笑流过两次产，就这也没让他有半点回报。

得知浩子出轨，笑笑失望得差点儿活不下去。后来，她父母送她出国求学，其实是疗伤去了。

而浩子呢？以前是笑笑为他做牛做马，什么都为他做。现在，他为他老婆做牛做马。

有次，我问他："放弃笑笑，你后悔不？"

他想了想说："有点后悔，笑笑对我是真的很好，可我无法回应她。如果让我重新选择，我肯定还会这样选择吧；可能还是因为我不够爱笑笑吧，尽管我对不起她。"

说完，他陷入回忆中，不知道是不是在想念笑笑对他的好。

四年后，笑笑找了一位美籍华人男友。

听说那人很宠她，我见过他们的合照。笑笑在他面前，笑得平静，却没有看出幸福的感觉。不知道她心里的伤有没有好点。

可是我们都没有在她面前提浩子。因为我们知道，就算伤口愈合了，伤疤始终还在。

如果我不爱你，你对我很好又能怎么样？这句话很伤人，但这是事实。

如果我爱你，你对我很好，我全部接受并理解，那我们最后必然是皆大欢喜吧。

这世界上最悲伤的事就是，你对我很好，可是我真的不爱你，所以我无法回应你。

没话找话，也是爱的方式

1

前段时间，我和很久不见的大学室友娟娟见面闲谈。聊着聊着，娟娟突然问我还记不记得她大一的时候爱写信。

我说当然记得。十几年前，我们刚上大学的时候，手机是奢侈品，那时候和过去的同学联系，大多是靠写信，要不就买一张201电话卡，便宜实惠，可以和想聊天的朋友说好久。

娟娟说，她去年搬家收拾旧物的时候，发现自己还保留着大学和高中时候的那些信件。

闲来无事，她抽空读了读以前别人写给她的那些信，竟然发现，她的高中同学罗浩在大一那一年，基本上每周要给她写两到三封信。

这些信都很简单，每一封信的开头，都在问她最近过得好不好，有时候问的是这几天过得好不好。然后是啰啰唆唆地告诉她自己最近在参加什么训练、上什么课。因为那时候罗浩读的是军校，和普通的学校管理是完全不相同的。他似乎把所有的休息时间都用来给娟娟写信了。

"你说他那时候不是喜欢我，是什么？"娟娟自言自语地说，"可惜那时候，我不知道。他给我写五封信，我能给他回一封都不错了。"

娟娟还说，那时候罗浩除了写信，每隔几天都要抽空给她打个电话，问她上了什么课，吃了什么好吃的，她总是觉得他婆婆妈妈的，废话真多啊，多得她都不耐烦。

谁知道，多年之后，阅历深了，她才发现那是最纯真的爱恋。

可惜，娟娟那时候不明白罗浩对她的爱，罗浩也没有明确表示过，他们就这样错过了。

她在大三的时候，告诉罗浩她交了男朋友，之后他就很少给她打电话了。而那时候，她有男友的宠爱，也没有觉得失落。

只是多年之后，娟娟在罗浩的信里，突然发现原来自己错过了那么美好的一份恋情，有些感慨。遗憾算不上，只是感慨时光不可逆。

年少的时候，我们不懂爱情，多年之后蓦然回首，才意识到那些没话找话，都是爱的一种方式，令人觉得意外又美好。

2

只是，有时候，就算一个人对你没话找话，你当时未必领情。

那天，上班的路上，我碰到一个刚毕业入职的同事。我们走着走着，她突然看着手机无奈地说："你说这个男生怎么这么烦啊？总是没话找话的。"

我八卦地问："他说什么了？"

同事说："他天天给我发天气预报，提醒我记得带伞，动不动就问我吃了没有。如果我说吃了，他又会问我吃的是什么，简直比我老妈还啰唆。刚才，他又在提醒我，记得要吃早饭。我就是那天给他提了下，最近天天热，没有胃口，我都吃不下去，他每天早晨就像定时闹钟一样提醒我。真是受不了啦！"

我笑着说："你真是身在福中不知福，这个男生明明就是喜欢你啊！他只是以自己的方式在追求你，企图得到你的回应，你却嫌弃人家烦。"

同事说："啊？我也是怀疑他有点喜欢我，不然为什么总是缠着我？可是我不喜欢他啊，他不明说喜欢我，我也不好拒绝，只能敷衍地回答他'嗯''哦''好'。他要是识趣点，就知难而退吧。"

说完，同事长长地叹了一口气。

我想了想对她说："喜欢一个人，就会情不自禁地关心她，就会变成唠叨大神，不管男女都一样。要是你以后有了喜欢的男生，肯定也会变成像他这样的。现在你做不了决定的话，就把一切交给时间吧。不委屈自己，但是也要尽可能地尊重他，尊重他的爱。"

我没有告诉她的是，在爱情里，那个先爱的人，为了追求另外一个人，总是会放低自己的姿态，哪怕是很多男生并不喜欢发短信或者微信，但是为了追到喜欢的姑娘，他们也会改变自己。

3

我表弟就是这样一个男生。

他是一个惜字如金的人，不管是家族聚会，还是朋友聚会，他总是最沉默的那一个，总是默默地躲在角落里玩自己的手机游戏，或是刷朋友圈、看新闻。

去年过年回去，家族聚会上我竟然发现表弟坐在角落里聊微信，并且是打字聊天。

要知道以前他是最反感打字的，每次看见我打字聊天，他觉得那完全是浪费时间，满脸鄙视。关键是每次我有事情找他，给他发了很长一段文字，他连"嗯"都不回一声的。

有一次，我有事情给他发了信息，半个多小时过去了，还没有等到他的回复。急得我只好给他电话，问他收到信息了没有，他说收到了。我说怎么不回我，我等着呢。他说，我知道了，明天我肯定会去和你会合啊，打字太麻烦了。那时候，还没有微信，还没有智能机，也不能语音聊天。当时我要疯了。

现在他聊得那么专注，时而微笑，时而摇头，肯定是有情况。我拍了拍他的肩，问："你肯定是在追我未来的弟妹吧？"

表弟满脸吃惊地问："你怎么知道？"

我说："想想你以前是怎么对我的，我发信息你从来都不回，还嫌弃我。那次想约你吃饭，你还爱搭不理的，就像姐姐我求着你一样。现在风水轮流转，终于有人替我们来收拾你了，我很开心。"

表弟说："你还是不是我姐？"

我说："当然是，你现在终于体会到追求一个姑娘要没话找话的滋味了吧？所以我开心啊！"

本来以为表弟会继续鄙视我的幸灾乐祸，没想到，他一本正经地问我："姐，你怎么知道我是在没话找话？每天为了找话题，我想得好辛苦，可她还是对我爱搭不理的，我该怎么办？"

我说："没有办法，你追求人家，姑娘姿态高一些，也是正常的，你继续就好。实在不行，再说吧。"

4

是的，没话找话，也是一门技术，需要脸皮足够厚，需要有足够的爱来支撑。

当然，要追求一个自己喜欢的人，脸皮厚是一定的，足够的爱也是一定的。

记得年少的时候，暗恋一个男生，每天最喜欢的就是没话找话，和他打个招呼，心里都要怦怦跳很久。他要是随便回我一句，我也会开心一整天。

之前我也听几个好友说，她们的老公在追求她们的时候，都变身大文豪，情书写得那叫一个浓情蜜意，话多得不得了。结婚之后，才发现这个人原来这么闷。以前恋爱时候的那点幽默，都不知道跑到哪里去了，好像家里说话最多的就是自己。

每次听她们这样说，我也深有感触。有时候，还会打趣她们，谁让你们那么快就让他们追到手了，甘愿回去给他们做黄脸婆，所以待遇才不相同。

玩笑归玩笑。不过，有一点是真的能够肯定的，就是爱你的那个人，在追你的时候，肯定是没话找话，并且说了一堆废话的。

如果此刻，你的身边真的有这么一个人，每天对你说早安晚安，问你吃了没有，提醒你下雨记得带伞，天冷记得穿衣，这个人肯定是爱你的。

虽然他们像父母一样唠叨，在我们的眼里并不可爱，但是我们要尊重他们的爱。如果爱，就请早点回应他；如果不爱，还是早点说明吧。

吃到一起，对感情也很重要

1

晚上下班回去的路上，艳子路过菜市场，不知怎么的就突然来了做饭的兴致，买了几个菜，高高兴兴回去了。

她在厨房里辛辛苦苦忙碌了一个小时，端出来两菜一汤，本以为她男友会表扬她一番，没想到男友皱着眉头说："不是给你说过吗，我不吃香菜！"艳子说："汤里放点香菜味道更好啊，不信你尝尝。"男友连连摆手，拿起筷子尝了一口葱煎豆腐，然后说好咸，又尝了一口青椒肉丝，说有点淡了。

瞬间，这个男人的不满上升到高峰，他摔了筷子说："做的什么玩意儿，让人怎么吃！"

看到他这样，艳子的火气也噌地一下上来了："你我都是辛苦上了一天班回来，你坐在那里看电视，我做饭给你吃，你不仅不体谅我，还嫌弃做得不好，有你这样的吗？"

她的男友说："你要做就做得好吃点，不想做就别做。"

艳子一听就委屈了："我明明已经是尽力在做了。"

吵到最后，艳子委屈地哭了，男友摔门而出。

艳子跟我诉苦："他现在就这样，我都不知道以后还要怎么过，我是不是应该和他分手了？这样的事情不是一次两次了，我们吃不到一起去，为此我都不敢做菜给他吃了。"

我不知道说什么好，因为吃不到一起确实是个问题。

两个来自不同家庭的独立个人结合在一起，首先要解决的就是吃饭问题。吃是最基本的生存问题，没法忽视。而两个人成长环境不一样，口味就不一样，这就有了冲突。

不记得从哪里看到一句话：两个人，三观决定适不适合在一起，三餐决定能不能稳定地在一起。

吃对于感情，也很重要。

2

然后我跟艳子讲了我的朋友甜甜和她老公的故事。

甜甜老公在遇到她之前，从来不吃醋（就是本意，食醋），因为他妈妈不爱吃醋，做菜从不放醋，他从小就养成了不吃醋的习惯，也接受不了那个酸味。而甜甜恰恰相反，从小就是个无醋不欢的姑娘。他们成家之后，她自己做饭，只要是能放醋的菜，她都喜欢放点醋。她最喜欢的是吃饺子蘸醋。

老公接受不了醋味，就少吃点，或者不吃，但从来不说什么。

但不知道从什么时候起，她老公和她一样变成了无醋不欢：炒菜的时候，喜欢放点醋，吃饺子也需要蘸醋。甜甜觉得好神奇，也很幸福。

说不清是谁影响了谁，渐渐地两个人生活习惯变得越来越像，你中有我，我中有你。这大概是很多相爱的夫妻在一起生活久了形成的一种习惯。

说是习惯，其实更多的包容，是互相体谅和影响。

因为爱，总有一个人要改变自己，也或者是不改变，互相尊重对方的饮食习惯。

但是据我观察，真正相爱的人，总有一方会被另外一方同化，渐渐地两个人的口味变得相同，如同甜甜和她老公那样。

吃在一起，看似一件小事，其实从爱的角度来看，是一件大事，到底是谁为谁改变呢？谁肯多花些心思，留意对方的习惯，尽可能地照顾对方呢？

这才是对感情的考验。有些人通过了考验，也有些人没有。

3

我的朋友开心果和她老公认识不到 5 个月就结婚了。

我们都有点惊讶，这是什么情况？

吃货开心果说："因为我们吃在一起了，就这么简单！"

她喜欢吃草鱼，讨厌鲫鱼；喜欢吃七分熟的牛排；喜欢吃辣，但是又不能太辣……这些，她老公通过一起吃三顿饭就完全掌握了，后来再一起吃饭，他点的都是她爱吃的菜，要是有辣的菜，他还会专门提醒服务员不能太辣，微辣就好。

这个男人的举动，深深地打动了开心果。

只有一个爱你的男人，才会处处留意你爱吃什么，爱喝什么，从日常生活中关心你。

后来她才知道，其实她老公是不能吃辣的，但是为了迁就她，他也开始尝试吃辣。

开心果曾经问过他："你为什么不点你爱吃的不辣的，每次都迁就我，你委屈吗？"

他说："看见你吃自己喜欢的东西，那胃口大开的模样，我都觉得很幸福。我不是迁就，只是我为了你，愿意改变我的饮食习惯，尝试一些新的东西。只有吃在一起，我们才能更好地相爱啊。"

有一句话说：所有的合适，都是两个人的相互迁就和改变，没有天生合适的两个人。两个人朝着相同的方向努力，就是最好的爱情。

能够吃到一起，这也是一种幸福。

4

不要小看食物的力量，最不起眼的东西，有时候最能够体现爱的深浅。

如果一个人总是记得你的口味和爱好，那么你应该感到幸福，因为这说明他是时时刻刻把你放在心上的。

如果两个人经常因为吃闹各种矛盾，如果你还没有结婚，就要考虑下，这段感情是否还有继续的必要。如果你结婚了，也要反思下，到底是哪里的问题，需要怎么解决。

你看着我，我看着你，我们共同解决一盘喜欢的食物，饱了胃，暖了心，快乐绵长，别有一番滋味。

这才是真正的幸福！

我不知道男朋友在哪里，但我知道好生活就在眼前

1

中秋假期，我去海边玩耍了一圈。宁晓玲同学在微信上跟我说："太羡慕你了，我天天宅在家里看剧，无聊死了。"

我说："那你怎么不出去逛逛？"

她说："我连个男朋友都没有，逛什么啊？一出门看到别人都是成双成对的，更显得我很可怜。算了，为了避免受刺激，我还是老老实实地待着吧。"

接下来，我也不知道说什么好了。

但是我突然想起来，我们身边类似她这样的姑娘可不少。

假期的时候，看见别人出去旅游，很动心，也想出去玩，但最后却没有行动，问及原因，她答："我又没有男朋友陪我去，一个人出去多无聊，看到好看的风景，也会感叹自己孤零零的一个人。"

看到好看的衣服，她会感叹这件衣服真漂亮。你建议她买下来，她摇摇头："算了，我又没有男朋友，穿给谁看？"

陪朋友逛家具城，看到一个漂亮的复古式梳妆台，她很喜欢，爱不释手。朋友提议她买下来。她摸着梳妆台流连忘返很久，说："还是算了，现在我一个人，凑合下就行了。等以后结婚的时候，布置新房再来买吧。"

就这样，错过了无数次让自己快乐的机会。

2

这些自己喜欢的东西，真的在有了男朋友或者老公之后，就会变得好起来吗？

未必。

也许你喜欢了很久的海岛城市，一直想去看看，他却一脸嫌弃："你怎么会喜欢那种地方？我还是喜欢江南小镇。"要么，他觉得一点意思都没有，有什么好去的，还不如宅在家里追剧、打游戏，何必和那么多人挤来挤去的。

你喜欢了很久的梳妆台，当时没有买给自己，等到和他一起布置新家的时候，要么是时间冲淡了一切，你早已经不喜欢它了；要么就是你依然喜欢它，但是他却嫌弃它："什么眼光，你还要买这个？"最后，你们商量了很久，只能折中，选了一个你一般喜欢的。

你很喜欢那件衣服，在他眼里，并不美，你也没有得到自己期望中的评价，很失望……

现实和理想总是有差距的。而你错过的那些小美好，也只能停留在回忆里。也许，午夜梦回的时候，你会遗憾，要是当时我去玩了多好，要是当时我买了就好了，最起码这些都能够灿烂我的那段年华。

等有一天，蓦然回首，所有的激情都已经消失，再也没有了当时的心境，这才是最可悲的吧？

3

当然，并不是所有的姑娘都这样，也有一些姑娘很会爱自己，会及时行乐。

沫沫就是这样一位姑娘。

有一次，我和她一起逛饰品店。我们都看中了一款樱桃胸针，鲜艳欲滴的颜色，别致的造型，能搭配各种衣服。

我一看价格，2000多元，不禁咋舌。

可是沫沫只犹豫了不到一分钟，立即刷卡买单。

天啊，真是出手大方呢！这个胸针，可是她半个月的工资啊！

我说："你还真是舍得。"

她答："对自己好干吗不舍得？喜欢的就尽量满足自己，又不是两万块钱，那我还真的买不起，这个2000多块，我这么喜欢，还是满足自己吧。"

看着她满足的微笑，我突然很羡慕她。

4

前几天，我问"剩女"沫沫："你真的不着急？"

她说："急什么？就算我着急，有用吗？着急他也不会听到我的呼唤，早点来到我身边，还不如我自己好好过好每一天。他来，我欢迎；他不来，我也能活得很好。"

是啊，她一向把自己照顾得很好，从来没有亏待自己，这是我不及的。

因为未婚，没有房贷的压力，沫沫的钱都用来让自己快乐了。

每年的年假，她都奖励自己出国游；平时的短假就国内游。

喜欢的衣服和化妆品，她毫不手软地买给自己；有时候也会心血来潮，跑去请自己吃一顿大餐。

租来的小窝被她收拾得干净舒适，布艺沙发、抱枕，都是她喜欢的。小阳台上，种满了她喜欢的花花草草。

这几年，眼看着她活得越来越精致，越来越大气。

别人的生活态度，我们虽然无法评价太多，但是自己的生活态度，还是要以自己的需求为中心。喜欢的事情，就去做，只要不犯法都可以；喜欢的地方，有空就去走走；喜欢的化妆品或者衣服，尽管有点贵，如果喜欢就买给自己。

5

我看到网上有一种态度说及时行乐是一种自私。其实也是合理的，爱自己，不就得自私一些？难道还要无私地牺牲自己？欲望都压抑着，能够满足的也不满足，那人生还有什么乐趣可言？

想玩，就努力赚钱出去玩；想爱，就大胆地爱；想舒适地活，那就让自己舒适一些。

我们可以慢慢地等待那个合适的人，但是眼前的好日子，却是自己可以给自己的，是没有必要等的。

未知的事情，谁也无法预料，但是眼前的生活，是我们可以把握的。

一个人的时候，更要好好爱自己；两个人的时候，依然不要忘记自己。

不要过分地牺牲自己，把所有的希望，都放在无可预知的未来上面。

要有过好日子的能力，要有自己赚钱满足自己的能力。

与其期盼，不如现在就给自己一份实实在在的幸福。可以把握的，才是最真实的。

想让他在乎，就必须先让他付出

1

公众号后台有姑娘给我留言说，感觉自己的男朋友一点也不在乎她，不在一起的时候，总是自己主动去联系他，去关心他，而他除了刚开始追求自己那段时间对自己献点殷勤，就再也看不到他对自己好了。

她很想分手，可是又舍不得这段感情。每次四处找他男朋友的时候，找得真是火大啊，无数次动过要分手的心，无数次又悄悄地收回来了。

姑娘问我："怎么才能让他在乎我一些呢？你有没有什么办法，可以让我不要爱得这么辛苦？"

说真心话，我也没有什么好办法。

但我告诉了她一句话，让她试试：想让他在乎，就必须让他付出。

2

在一个关系中，一个人付出了，他就会非常在乎这段关系，如果没有付出，不管你多么优秀，他都不会在乎。

这是一切关系的秘密，在亲密关系中更是如此。

姑娘想要的在乎，说简单也简单，但是落到实处，得看她本人的坚定程度。她需要给自己留点余地，舍得让自己的男朋友为自己付出，只有这个男人付出了，他才会慢慢地珍惜这段感情。

否则，她对他来说一直都是可有可无的。

人都有劣根性，很多男人都认为倒贴的女人不可娶，他们喜欢征服那些难以搞定的女人。

与其说他们喜欢挑战自己，不如说是在这个挑战的过程中，他们更珍惜自己的付出。

白白得来的东西，人们通常都会觉得廉价，不会心疼，更不会珍惜。

3

在婚姻中更是如此。

常常会看到很多婚姻中，男人出轨了，在抛弃女人的同时，大多会一并抛弃孩子。

为什么呢？

因为在一个家庭中，多是女人照顾孩子，很多女人甚至为了孩子，一直不能上班。女人把一个孩子从小养到大，付出的种种艰辛，是男人难以体会的。

所以面对离婚，女人首先想到的不是自己，而是孩子。

为了孩子不受伤害，她们可以离婚，也可以不离婚。这个女人会根据自己的情况权衡。

很多男人通常都在忙工作，和孩子没有良好的亲子互动，或者是说，他们对孩子的付出太少，和孩子感情不深，所以面对割舍的时候，他们轻而易举就把孩子舍弃了。

而女人是无论如何都难以割舍孩子的，除非这个孩子从小就不是她带的，她没有参与到孩子的成长中，对孩子感情不深厚。

但凡每天和孩子相处的人，需要操心孩子的吃喝拉撒学习的人，一般是没有时间和精力去出轨的，更不会放弃孩子不管。

很多专家也说，要鼓励男人参与到家庭生活中，不管是养育孩子，还是做家务，要的都是他的付出。

因为付出了，他才懂得女人的辛苦；因为付出了，他才更珍惜自己的付出；因为付出了，他才会更珍惜这个家和家里的人。

不然的话，什么对于他来说都是无济于事的。

这对于女人来说，也是同样适用的。

4

在人际关系中，我们常常认为，要一个人对自己好，我们就需要先对他们好，这样才能换来他们对我们的好。

但是，还有一种更好的办法，你想让一个人对你好，那么就请他帮你一个忙。

哪怕是帮忙做一点小事情，也足以让这个帮忙的人感到自豪，觉得有成就感。

因为人都是自恋的，自己不付出点什么，就会从心理上无视这件事、这个人。

但是很多人，却习惯做一个滥好人，无条件地接纳别人的坏情绪，帮别人的忙，从而忽略了自己。

尤其是在爱情中，很多女孩子喜欢心疼男朋友，无条件地爱他们，为他们做很多事情。最后，为他付出得越多，自己越是舍不得分手。

哪怕自己明白这个男人很渣，他同时和很多女人交往，道德有问题，自己就是舍不得他，苦苦纠结和纠缠。

在这个过程中，要说她们有多么爱这个男人，也未必。所以，她们看似爱的是这个渣男，实则爱的是自己在这个人身上的付出。

5

传言中，本就是女王的谢杏芳，一直知道林丹出轨，却无限地包容他。哪怕是知道他出轨了，还发声明原谅他，支持他，一家人风雨同舟。

有报道说，她还被林丹家暴过。尽管这样，她也没有和他分手，还原谅他的出轨。

可能也有不得已的付出成分在里面吧。毕竟他们在一起那么多年，她为了这个男人提前退役，为了照顾他，为了成就他的人生，她付出了太多太多，所以她才愿意继续吧。

很多人都说谢杏芳做出了坏榜样，男人出轨，还非常宽宏大量地原谅他，这样会更加纵容他。

而我看到的只有付出，女人爱一个人的时候，因为太过感性，她们通常为家庭为孩子付出得比男人多。所以面对出轨的男人，她们大多会选择原谅。

因为她们过于心疼自己的付出，所以最后只能逃不开俗套，落入这个世俗的怪圈里。

6

不管在爱情中，还是婚姻中、家庭中，女人都要想办法调动男人的参与感，让他们也多付出一些，而不是一味享受。

只有付出得多了，男人才会更爱家，更顾家，更爱自己的爱人。

如果你一直吝啬让他付出，最后必然会有另外的人来享受他的付出。

与其这样，还不如你自己享受他的付出。

不要说他不肯、不愿意之类的话，从一开始，你就得锻炼他，带孩子、做家务，都不能少了他。

不然以后等你醒悟，想让他改的时候，已经晚了。

他劈腿了，你更要好好过

1

我和很久不见的一位好友 L 在微信上聊天。

她问我："你还记不记得我之前的男朋友？"

我说："只知道有这么一个人，但是十来年过去，我真的不记得他到底长什么样了。"

L 说："当初他和我提分手的时候，我难过得差点活不下去了。但是这次见到他，让我明白，我选择活着是多么正确的选择。"

知道我很好奇，L 接着说，前段时间见到一个朋友发的他们聚会的照片，里面有她的前男友，她压根没有认出来他。

为什么呢？因为这个男人已经被岁月摧残了，不仅胖而且憔悴，带着一种沧桑，像个大叔。

L 说："妈呀，看到这样的他，我只觉得一点点悲凉，更多的是庆幸。"

庆幸我当时没有为他做傻事，不然太不值得了。

2

毕业这十年，L依然保持着大学时候的好身材，因为嫁了一个好老公，生活幸福，岁月几乎没有在她脸上留下什么痕迹。

每次和她聚会，我都要自惭形秽一番。我总是戏称她是青春美少女，而发胖的我，就是大妈。

这些年，岁月很厚待L，她也很厚待自己，所以越活越美丽。

而她的曾经，她恋恋不舍念念不忘的那个，在河的另一端，已经活成了另外一种样子。

那种样子，她曾经有多迷恋，此刻就有多失望。

所以她才会庆幸。

3

当年L发现这个男人劈腿，犹如五雷轰顶。

因为就在他提出分手的前两天，他还向她表明爱意，说他爱她，说他想她。

结果两天后，一切都变了，他们约定通话的日子，男人告诉她，我有新女朋友了，我不爱你了，我们分手吧。

两年多的感情，在这个男人那里就这样轻飘飘的一句话就过去了。

L不相信，连夜订了车票，赶往男人所在的城市，企图挽留他。但是她看到的是男人挽着新欢的手，那样子根本就不是才认识。

原来男人和她在一起的时候，还和那个女人在一起，他骗了她。

大概是之前这个男人和那个女人感情没有那么稳定，所以一直没有说出分手。现在他们开始谈婚论嫁了，L就被他踢出局了。

要多残忍就有多残忍，那天晚上在宾馆，L也差点做了傻事。

她也很想一跳了结自己的生命，但是看着周围星星点点的灯火，还有那冰冷的地面，她开始想，为什么这个要死要活的人是我呢？

如果要死，那么也轮不到自己吧，应该是那个男人吧。

想到这里，站在窗边的她吓出了一身冷汗。我还有父母亲人，没有必要这么傻啊。

L最终回到床上睡觉。

4

她回校之后，找我聊天，说出她的这段经历。

虽然她只是轻描淡写，但我还是能够体会她曾经的难过和忧伤。

我说幸好，幸好你没有做傻事，不然你不是便宜他了吗？

你死了，对他有什么影响？你觉得以你这样决绝的方式，他就会记住你一辈子？

何况这是你自己的选择，也许他正爱得甜蜜，还愁怎么摆脱你呢！

要是他有良心，还会难过两天；没有良心的话，搞不好还在心里偷偷笑呢。

L沉默了很久，但是我知道她是听进去了。

后来，L再也没有联系过他。

大学毕业，工作不久，L就遇到了属于她的幸福，到现在她一直过得很幸福。

5

如今十年过去，L活得越发精彩，她的人生和过去的那个人早就没有关系了。

我大概也知道她的心路历程，刚分手的那一年，她嘴上说不在意，心里还是很难受，因为那一年她消瘦了很多。

而现在，坦然面对往事，L更多的是庆幸，幸好自己还活着，并且活得很好，很精彩。

可惜很多女孩，感情受骗的时候，想不到那么长远。

总觉得我现在就是全世界最难过的，我付出了那么多，这会儿他不要我了，我就活不下去了。

可是你活着是为了自己，不是为了他，他再爱你，能比你的父母更爱你？

人有时候想通和想不通，就在刹那间。

过了那个临界点，就会走得更远更好，如果过不了，可能会永远停留在那一刻。就像是前些天新闻里那个跳楼的女记者，我真替她不值。

一个花容月貌的姑娘，那么美，那么好，为了一个不值得的人，结束了自己的生命。

她以为她的方式，可以让他记住自己，让他后悔，事实上呢？

6

不管是爱情还是婚姻，都不可能是一帆风顺的，总会有一些波折。

遇到波折，熬过去的人，接受了生活的一次洗礼，变得更伟大；熬不过去的人，永远停留在那里。

L 是属于当年熬过去的那个人。所以后来我们陷入爱情，分分合合，痛苦不堪的时候，她已经能够淡定自如地处理一切了。

大概是经历让她成长吧，后来，我们遇到感情问题，也都喜欢和她聊聊，从她那里会得到很多启发，也会明白很多道理。因为她有一种千帆过尽的平淡。

如果，你现在正在遭遇感情问题，不妨看看 L 的经历。

曾经你心心念念的他，也许十年之后在你眼里，什么都不是，你甚至会看不起他。

因为每个人在生活中的境遇太不同了，不要觉得他现在风光，你很悲惨。

三十年河东三十年河西，谁的好注定是一辈子的呢？

或许短短的几年，历史就会改写，你就会风光无限了，他就落魄了。

所以，他劈腿了，你更要好好活！

多年之后，你会发现自己当时好好活的决定是多么正确，不是吗？

这种男人，是女人一生的毒药

1

微信后台有位 90 后姑娘给我留言，说想和我聊聊感情，因为她现在很困惑。

什么情况呢？是这样的：

她在工作中认识了一个男客户，有车有房，也有能力，就是年龄比她大，但其他条件都不错，于是她跟他谈起了恋爱。

和这个男人在一起后，她发现这个男人总是有意无意地提自己的前女友。30 岁的男人，有点过去肯定也是正常的，她能够理解。但是让她不理解的是，这个男人总是在她面前说前女友的坏话，说她不懂得体谅人，爱发脾气，爱乱花钱，不会做家务，最重要的是对他一点也不温柔。

每次男人都说幸好他遇到了她，她是他的幸福。

一方面她同情他，知道他前女友对他不好，激发了她的母性，想要对这个男人更好，去爱他；另一方面，她也有点疑惑，为什么他总是在她面前说前女友的坏话，那以后，她和他万一分手了，是不是他也会经常在下一任女友面前说她的坏话？

我告诉她，会的。

这就像出轨和家暴一样，有第一次，就会有第二次。并且，这种男人我见过。

2

女友小莉当年爱上了一个离过婚的男人，男人大她 8 岁。她父母坚决反对，而她竟然采取了未婚先孕的手段，最后父母只能忍痛放手，小莉如愿以偿地嫁给了这个二婚男人。

怀孕的时候，小莉和这个男人认识还不到半年，身边的人其实都不理解，为什么小莉这么轻率地就做了决定。

她说："我就是想要爱他多一些，忍不住，因为他很可怜的。"

怎么个可怜法？

小莉说："你不知道，他跟我说，他被他前妻骗得很惨。他前妻根本就不爱他，只会花他的钱，还对他父母不好，也不肯给他生小孩，他处处惯着他前妻，结果他前妻还出轨了，给他戴了一顶绿帽子。每次听他这样说，我都恨不能用尽全力地去爱他，有时候我甚至想，要是他早点遇到我就好了，我肯定不会像他前妻一样伤害他。并且他受过伤害，肯定后面更懂得珍惜吧。"

看着小莉满面幸福的笑容，旁人也不好打击她。

其实，这个男人和前妻也是自由恋爱而结合的。小莉只听信了他的一面之词，却没有细细思考，既然他们是自由恋爱的，多多少少还是有过爱情的，就算他前妻出轨有错，这个男人就没有错了吗？

她的前妻为什么会出轨，如果说是人品差，这个男人又不是傻子，还要和她结婚？

在这场婚姻中，肯定还有很多小莉不知道的地方，只是她听信了男人的一面之词，很多真相被掩盖了。

而这个男人为了博取小莉的同情和爱，拼命地向她诉苦，抹黑自己的前妻，这种做法其实也是可耻的。

3

又一年春天，小莉在 QQ 上找到我，告诉我，她离婚了，并且已经取得了孩子的抚养权。

问及原因，她说，她发现自己上当受骗了。

这个男人根本就不可靠，婚前一味地说前妻的坏话，来取得她的信任。那时候，她还以为是他可怜，只是没有想到，这也反映了男人的人品很差。

婚后两个人一起生活，她才发现，日子根本就不像自己幻想的那么美好。

男人对小莉的疑心很重，不时地查看她的手机聊天记录，要是看到她和某位男同事一起说说笑笑，这个男人就回来对她发脾气。

除此之外，这个男人十分自私，小莉生孩子的时候，情况危急，他选择的是保孩子，平时对小莉的花销也严格控制。

小莉说，和他一起生活简直像在地狱里面一样。我终于明白，他前妻为什么和他离婚了，未必就是他前妻的错。

小莉忍受了好几年，最后忍不下去了，选择了离婚。

4

在生活中，很多女性都会遇到这种男人，他为了博取你的同情和爱，拼命地说尽前任的坏话，把他们的前任描述得十分可怕。

如果有点理智的女性，就像那位90后姑娘，她心底会有疑问。

只是很多女人，根本看不到这背后折射的这个男人的人品以及各种问题，就一头栽进了这个男人设置的温柔陷阱里。

很多女人，甚至以拯救者的身份，陪伴在男人身边，觉得她一定能够带领男人逃离苦海。却不知，这个男人的苦海只是他自己导演的一出苦情戏罢了。

我们还需要警惕的是，这种男人，也多出现在婚外情的时候。他想得到你，想泡你，于是拼命地说自己老婆的坏话，说自己天天在家受到虐待，真的恨不能立即和这个女人离婚。

真实情况是，这只是这个男人的谎言罢了。他们为的是早点把你弄到手，如果得不到你的同情，你怎会对他们动心动情，怎会心甘情愿地投入他们的怀抱？

用这种伎俩的男人，是最可怕的，也是有毒的，只是很多女人，宁愿深陷其中，让毒慢慢侵蚀自己，最后伤及五脏六腑，甚至性命。

女人们一定要记得，一个真正的好男人，必然具备这样的素质：他在向你倾诉或者讲述他的过去的时候，不会抹黑对方，而是主动地反省自己的责任和错误。

如果他有这样的意识，证明他是可靠的。当然，具备这种素质的男人，一般也比较少诉苦，更不会主动在女人面前扮可怜、博同情。

反之，如果这个男人一味地抹黑自己的前任，那你就要多考虑一下了。

开口要，世界才是你的啊

1

聪慧生日，她老公送她的是最新款的 iPhone 7。多少人梦寐以求的东西，她拿到了却不见高兴。

她还发朋友圈说："我只想要一束鲜花，而他却送我这个，我'蓝瘦，香菇'。"

评论里一片哗然："你这是花式虐狗？"

只是我看出了这背后淡淡的伤感，我私下问她，怎么收到一个这么贵重的手机，也不见她开心？

她回："其实新潮的电子产品从来就不是我的最爱，而是他的最爱。这么贵重的手机，用起来心理负担也重，小娃正是爱扔东西的时候，我怕一个不小心，手机就被摔烂了。其实，我之前暗示过他，生日给我买束鲜花就好了。我就喜欢花，不在乎礼物的贵贱，而是我喜欢的才是最好的。但是他每年给我送的不是手机，就是平板，要不就是炫酷耳机，是很高档，可是我觉得没有必要。"

我说："你是身在福中不知福啊。"

她说："这不是不知福，而是他不懂我，真的爱我懂我，应该知道我要的不过是一束花而已。"

2

聪慧这样说，我也有同感。

生活中，我们常常见到一对爱人，他们明明很在乎对方，可是他／她的表达方式，完全是按照自己的喜好或者自己的意愿来，并不能让对方觉得快乐。

比如，有些男人拼命地在外面挣钱，每天不是在出差，就是在应酬，自己觉得非常累。但是他的老婆却并不领情，每天看他这样一身酒气地回来，就会摆着一张怨妇脸。

因为这个女人要的不是多少钱，而是这个男人能够按时下班，回来陪她和孩子吃一顿晚饭。周末，一家人快快乐乐地去公园玩，而不是天天见不到男人的影儿。

还有些女人，以为自己每天辛辛苦苦地为这个家付出，怎么男人就看不见、不领情。其实，原因可能是这个男人喜欢的是两口子一起坐在沙发上，依偎着看场电影，或者静静地坐着喝杯茶，并不在乎你把家收拾得干不干净。

3

为什么在情感关系中，一个人的付出换不来对方的感激，也换不来对方同等的回报，甚至让另外一方越来越厌弃呢？

那是因为你付出了太多，输就输在你百分之百地付出。看似伟大，其实是一种自恋，因为你没有看到对方的需要，而是自顾自地付出。

尽管你付出了百分之百，可这百分之百，可能只有百分之二十甚至更少，也或者完全不是你的爱人需要的。

你不懂他的心意和需要，这就是症结之所在。

所以我们在付出的时候，一定要站在对方的角度考虑，问问他们喜欢什么，投其所好，这样的付出才是有价值的，这样的爱人才是好爱人。

4

我曾听一位好友讲过她妹夫的故事。

这个妹夫人称"无所谓"，因为他对什么好像都无所谓。他们从恋爱到结婚，在诸多事情上，这个男人都表现出一种随便的态度，所以大大小小的事情，都是妹妹在做主。

妹妹做主，自然所有的事情，都是按照她喜欢的方式来办。比如新家装修她选择了粉色作为主色系。

妹妹以为这个男人是宠爱自己，所以把所有的大权都交给自己，让自己随心所欲。

却没有看到这背后是这个男人深深的压抑。

有一天晚上，他们为了第二天给男人的同学送多少礼钱发生了争执。妹妹说他们结婚的时候，这位同学送了 500 元，那么就还 500 元好了。男人不满意，他说最好是送 800 元，因为时过境迁，物价飞涨。妹妹说凭什么我要多付出 300 元。

可能他们同学情谊比较深，男人这次没有听妹妹的，两个人于是爆发了一场"世界大战"。

或许是这些年男人积攒了太多的不满和怨气，吵架的时候，他说："我已经忍你很久了，每次都是按照你的来，凭什么？"继而把过往累积的所有不满，一并发泄了出来。

妹妹当时就蒙了："不是你说随便，让我做主的吗？怎么现在又来指责我？"第二天的婚礼，两个人自然没有去，因为前一天晚上的那一点小事，吵到最后，他们决定离婚了。

男人觉得妹妹太不理解自己了，妹妹觉得他不可理喻。

闹离婚，自然惊动了双方的亲友。

好友多多少少也知道妹妹和妹夫的脾气，她觉得他们还没有到非要离婚的地步，不过是妹夫不会表达自己的需求罢了。

她问妹夫："每次娜娜问你，你都说无所谓，随便，你有没有想过，其实你的内心深处未必是这样想的？所以你让娜娜做了主，但是你又觉得自己被忽视了，所以有怨气？"

妹夫沉思了很久，说："是的，是有怨气。"

好友说："你需要的是和娜娜好好谈谈，以后学着表达自己的要求，不要什么都装作一副无所谓的样子，其实心里无比介意。问问你的心是不是这样的？"

妹夫后来和妹妹谈了一次，两个人好好地反思了一下，觉得他们没有必要离婚，只是相处的模式出了问题。这就需要妹夫学会尊重和表达自己的需求，而娜娜呢，则要多听听老公的意见。

5

有些人，在爱情和婚姻中，表现得像是无欲无求，其实不尽然，看似他们对这个世界的要求很少，其实是他们压抑了自己的需求。

这样容易生怨生恨，所以好的爱人，要学会表达自己的需求。

就像我建议聪慧可以和老公好好谈谈，不是暗示，而是明确表达自己的需求：我就喜欢花，不喜欢电子产品，以后你送我花吧，多浪漫。

在爱人面前，学会表达自己的需求，也是一门功课。很多人以为，我选择了百分之百爱他／她，为她付出，那么就要牺牲我自己的需求啊，这才是真爱。

百分之百付出的爱人，未必就是好的爱人；不提要求的爱人，也不是好爱人。

我们每一个人在感情中的需求是不同的，不要执着于用自己的方式去爱另一半，一定要学会表达自己的需求，另外一方要学会给对方想要的，而不是自己想要的。这样的付出，才有意义和价值。

爱情里最美的姿态是相互欣赏

1

媛媛在朋友圈突然晒了一张婚照。

一众好友都惊叹："要结婚了？怎么之前一点风声也没有？"

我对媛媛说："我要听故事，目测你的另一半是个脾气很好、性格温和的人。"

她问："你怎么知道？"

我说："人的面相有时候会表现出很多东西啊，我就是能看出来，可能是女人的一种直觉。"

她说："我们是经过别人介绍认识的，才刚好一年。但是他对我真的很好，不管我做什么，他总是鼓励我。我做不好，他会给我提出建议，但是从来不指指点点。我以前想做的很多事情，都没有勇气做，但是在他的鼓励下都做成了。

"比如说，我以前很想一个人出去旅游，但是又怕不安全。

是他鼓励我走出去，还帮我规划了路线，订了酒店。等我真的一个人出去，可能因为他帮我前期做的准备工作很多，所以我不再害怕，反而玩得很开心。他支持我再学一门技能，所以我去上了英语培训班，以前这是想都不敢想的事情。我以前从来没有留过短发，我很想试试，在他的鼓励下，我剪短了头发，他夸我很好看。我以前厨艺平平，但是不管我做什么，他都说好吃。在他的指点下，我的厨艺真的进步了……反正和他在一起，我觉得很安心，最重要的是，我变得特别自信，特别快乐。所以嫁给他，也是顺其自然的一种选择吧。"

原来是这样。

最后媛媛给我说："姐姐，我的以前你都知道的，那时候我真的不快乐，现在的我正能量满满，觉得自己无所不能。"

2

是的，媛媛的以前，我确实知道，那时候，我们坐前后办公桌。她经常唉声叹气的，大多数时候都不开心。

我最后一次在北京见到她，她在准备公务员考试。她告诉我，她和她的男朋友分手了。

那次，媛媛脆弱地对我说，姐姐，我是真的尽力了。他让我好累，很不开心。

媛媛从西北的一所大学毕业后，就去投奔了北京的男友，也是她的高中同学。

那时候的她，无论做什么，她的前男友，都嫌弃她做得不好。

每天晚上，媛媛下班回家，在简陋的厨房辛辛苦苦地做了一顿饭，他不是嫌弃青菜炒得太老，就是嫌弃番茄炒鸡蛋一看颜色就让人没有食欲。每当这时候，两个人都要吵架。

媛媛想去报考公务员，男友总是打击她："就你？我看你肯定考不上。"媛媛想去考研，他说，你肯定考不上，就不要白费力气了。媛媛工作遇到问题，在换工作和不换工作之间犹豫，男友又打击她："就你做得不好，别人怎么都是好好的。"

他根本不知道，那时候的媛媛只是需要他的鼓励和安慰，或者坐在那里什么也不说，听她说一说自己的烦恼就好了。

不管是小事大事，不管媛媛做什么，做得再好，他也不会表扬她，总是打压她。

就这样，媛媛对他越来越失望，越来越不快乐。

后来，媛媛公务员考试失败，一个人去了广州工作。

她的男友，那时候研究生毕业了，也去了广州。

男友大概为了挽回她，约她见面的那天，专门买了一束玫瑰给她。媛媛说，以前，我很想要他买一束花给我，那时候他总是打击我，穷浪漫。现在他真的抱着玫瑰花，站在我面前，我却对他没有感觉了。可能是因为他以前总是打击我，把我伤害得太深了，我的心真的是对他失望了，再也没有一丝爱意了。

尽管他们最后到了同一座城市，却还是只能分手。

3

最好的爱人，就是互相欣赏，互相鼓励，一起进步，这样的爱情才能长久。

尤其是进入婚姻，两个不同的人互相磨合，欣赏就变得更加重要了。

我认识一位朋友，她和老公算是青梅竹马，当初恋爱的时候，也是冲破重重阻力，结合在一起的。

但是婚后的日子，却是一地鸡毛。

两个人总是吵吵闹闹的，前不久，她的老公出轨了，在外面找了一个小三。她得知后悲愤交加，现在两个人正在闹离婚。

她的老公，出轨的对象是一位各方面都不如她的离异女人，让她很受不了。

但她的老公说，在家里，你总是嫌弃我，我做什么都是错的，做什么都做不好。我们总是吵架，你从来不会安慰我，每次到最后，明明不是我的错，我还得去安慰你，太累了。

而她，虽然各方面不如你，但是她总是鼓励我，和她在一起我很轻松，和你在一起，我很窒息。

这就是真话，尽管有点打击人。

我那位朋友还处在想不通的状态，所以不想离婚。可是我知道，如果这样下去，他们的婚姻也许真的无药可救了。

4

一个聪明的女人，在爱情中，绝不会处处打击自己的另一半，而是欣赏他，欣赏是爱的最高层次。

很多女人都有一颗攀比心，看见别人家的日子过得好，买了大房子，买了新车子，而自己什么也没有，就会抱怨自己的另外一半，觉得他们挣钱少，吵来吵去，最后对方变得一无是处了。

这不是聪明人的做法。

我有位表姐，结婚20多年了，两人的感情还是甜蜜深厚。

有一次，我去她家玩。姐姐那天有点不舒服，我本来说我做饭，姐夫不好意思让我这个客人干活，于是他下厨了。

最后，他做出来的菜，不是咸了，就是淡了。姐夫很不好意思，但姐姐还是表扬他，说他将近半年没有下厨，做到这个水平已经非常好了。

我发现不仅是这一次，平时的生活中，姐姐总是会撒撒娇，做做小女人，把很多事情甩给姐夫去做。姐夫总是做得开心，不管最后结果如何，姐姐都会表扬他。

所以他们的日子过得很幸福，我姐夫这么多年，也从一个农村出来的穷小子，熬到了单位的经理。

有次，我问姐姐幸福的秘诀，她说，就是要鼓励男人啊，鼓励，他们才能进步。打击是收不到自己想要的效果的，想通了，多鼓励，就好了。

不管是爱情，还是由爱情上升到婚姻，两个人相处的过程，是个慢慢磨合的过程。

这期间，你和爱人相处的方式很重要。

如果你总是抱着欣赏的态度，对待你的爱人，鼓励他，安慰他，那么你就是在给你们的爱情账户存钱；反之，如果你总是打击和嫌弃你的爱人，那就是在消耗你们的爱情账户。

你们的爱情账户，余额越多，幸福就越多；欣赏和鼓励，是让爱情账户盈利的好办法。

只有欣赏和鼓励，你们的爱情才会长久，才会幸福，爱人之间或者夫妻之间，关系才会平衡。

所以亲爱的你，一定要记得，多欣赏鼓励你的另外一半，你们才更容易幸福！

Part4

围得住，守得了，才能花香满园

男人爱不爱你，只看一点

1

我去医院看一个刚生完孩子的女友，发现她郁郁寡欢的。我问她怎么了，她说："生完孩子，心凉透了。"

生孩子，应该是开心的事情啊，我不解。

原来，这位女友当时是剖宫产，她从产房出来的时候，就剩下她父母在门口焦急地等她。

妈妈一见到她出来，眼泪就出来了，双手合十说："谢天谢地，谢谢老天保佑。"

可她左顾右盼，没有见到她老公。妈妈告诉她，孩子先她出来，老公和她公婆一家去看护孩子去了。女友的心里顿时就不是滋味了。

刚从产房出来，多么需要那个爱你的人在身边陪伴啊。

不说别的，就是刚出来看到他，心里也会好受很多，觉得他是重视自己的。

虽然父母也爱自己，可那是两种不同的爱。

2

女友的心情，我能理解。

当年，我也是剖宫产。女儿出生的时候，还呛羊水，要立即送去洗胃，但是老公依然在产房外面等着我。

后来他形容自己当时的心情，说等待的过程中自己吓得腿都软了。那年省妇幼的产妇非常多，做剖宫产手术，就像是流水线一样，几台手术同时进行。

因为是流水作业，产房外等待的产妇家属非常多，不时有人被推出来。可是老公等了很久，都不见我出来，越等越心慌。

其实，只是时间没有到罢了，但是等待的过程是最难熬的。直到我出来，他才松了一口气，然后就是手忙脚乱地升级为父母。

女儿是夏天出生的，她出生的当晚，我一直在打各种点滴，老公又要忙孩子，又要看吊瓶，几乎一夜没有合眼。

第二天晚上，他稍微有空，就打来温开水帮我把身上擦得干干净净的。因为生完孩子，身上很脏，各种不舒服。反观同病房的两位产妇，并没有这样的待遇。

一位老公忙着做生意，雇了一个月嫂看护妻子，有时候连着两天都看不到她老公。好在她比较淡定。

另外一位，基本是婆婆在全程照看，老公很少能帮得上忙，只是晚上陪下床。她说，生孩子这种事情最能见人心，你知道吗，我情况这么危急，公婆竟然还嫌弃生的日子不好，还想推后一天，我算是服了！

3

一位女友对于生产的记忆，最耿耿于怀的是，她刚出产房，公婆见她生的是女儿，完全不顾及她的感受，在一边说，第一胎是个女儿，第二胎要个儿子，最好不过了。

这个催生的信号那么明显，女友当时就郁闷了。好在，她老公等他父母出去后，悄悄安慰她，我知道你刚才难受了，但是咱们不听他们的啊，日子是我们自己过的。你不要被他们的话影响心情。女友的心情，才稍微好了起来。

还有一位闺蜜，在产房痛了两天多，羊水快要流干了，孩子还是没有生下来。医生建议剖宫产，她父母也看不下去了，觉得女儿太辛苦了，可她老公却不同意，因为觉得剖宫产对孩子不好。

当时闺蜜的心里拔凉拔凉的。虽然，最后，根据医生的建议，还是采取了剖宫产，可是从此闺蜜的心里有了芥蒂。

因为关键时刻，老公没有想到她。不管是出于何种原因，她都觉得心里不好受，毕竟他们才是夫妻。

4

我们家族的第一个宝宝诞生，我是见证过的。

那天是大年初五，表嫂进了产房。我们一大帮人都在外面等着。

等胖乎乎可爱的小娃娃抱出来的时候，这一帮人一溜烟地都跑光了，全部都去看护士给孩子洗澡、称体重。

我表哥也准备跟大家一起过去的时候，我三妈拉住了他，让他不要走，要等我嫂子出来，免得到时候就剩下嫂子的妈妈陪着她，那样会伤嫂子的心。至于孩子，那边有我们一群人看着，不会有事的。

后来，我表哥乖乖地在产房外等待，听说，表嫂出来很感动。

那时候，我未婚，体会不到这其中的奥妙，只是觉得我三妈的话有道理。

多年之后，我自己有了孩子，生产完，各种心酸委屈，只有自己知道的时候，我开始明白，作为一个生产完的女人，在产房里刚刚一个人经历过一场手术，孤零零的，是多么需要最爱的人支持和安慰啊。

写到这里，我想起来一位好友写她当天顺产的经历，疼痛折磨得她死去活来的，她实在是受不了，又不能缓解痛苦。因为顺产是可以陪产的，她老公当时在身边，看着她这样，心疼得哭了，一个劲儿地说，咱们只要这一个，以后不再要孩子了，你太辛苦了。

后来，她老公主动把自己的胳膊伸给她咬，都咬出血了。她老公还乐呵呵地说："你痛，我陪你一起痛，这样我才好受点。不然看着你那么痛，我心疼。"

这样的老公，肯定是爱老婆的。

5

很多女人，是在生产之后，明白自己在老公心底的分量的。因为身为女人，我们心里都有一杆秤。

一个男人，在老婆生产的时候，最能看出来他爱的程度。

以前看小言上总是写那些霸道总裁，爱女主爱得死去活来的，往往在女主生孩子的时候，他们对老婆的爱，达到了淋漓尽致的程度，舍不得让她受一点委屈。更霸道的，甚至对医生扬言，"要是我老婆出了什么事情，就把医院给掀了"。

当时觉得一个男人怎么可以这么不理智呢，好小言啊，好玛丽苏啊。

后来，开始明白，其实作者这么写，也是来源于现实生活的。这个霸道的男人，因为财大气粗，说出了很多男人在那一刻心底的话罢了。

虽然是一个很小的细节，可是这表明了一个男人爱一个女人的程度，好男人啊。

对于女人来说，生孩子是人生的一个转折点，也是考验爱情的试金石。在这时候，一个男人的爱与不爱，表现得是那么明显和直白，而女人的心又是那么脆弱，需要的就是这种最简单直白的爱。

不管是哪个男人，在女人生产完或者是生产中，体贴老婆绝对是没错的，也绝对是真爱！

婚姻里最好的状态，就是好好地经营自己

1

有个朋友给我讲了她姐姐的故事。我们这里就叫这位姐姐静雅吧。

静雅姐姐 40 岁出头，在一家不错的事业单位，工作很清闲。她老公在一家很大的公司当高层，事业有成。

关键是她老公不仅事业有成，身材也好，性格也好，温润儒雅。这样的男人，对于小姑娘的吸引力简直是致命的。

也许是听多了周围的很多同事或者朋友的老公人到中年出轨的事情，静雅姐姐再也坐不住了。她有很强的危机意识，因为工作不是太忙，她破译了老公的微博和微信密码，还关联了老公的QQ。

她没事就会偷偷上这些社交网络上溜达一圈，认真地翻看每一条留言，看到有女人在她老公的朋友圈里点赞，她会偷偷把人

家给拉黑。每天洗衣服之前，她都会仔细地翻看老公的衣领和裤兜，甚至还把中医"望闻问切"的那一套也用上了。

尽管静雅姐姐性情还不错，可是她老公却受不了她，变得越来越不爱回家，有出轨的迹象。

有一次，她老公喝醉了，当着她的面说，他们的家已经不是家，是他的牢笼，她每天把他管得死死的，他很难受。

静雅姐姐也很痛苦，她想改变，又不知道如何改变。

朋友想听听我的建议。

2

我没有立即回答朋友的问题，只是给她讲了一个我认识的女作家的事情。

对，那位朋友现在是真真切切的女作家了。她出了好几本书，每天还在打理公号，坚持写作，是令我很佩服的一位女性。

这位作家朋友特别独立，每次写完一本书，就把孩子交给公婆，自己一个人出去旅游，放松几天。她一个人去过大理，去过西藏，去过青海，去过贵州，基本上国内有特色的城市她都去过了。

平时她每天早起练一会儿瑜伽，然后写作，下午看书，晚上有时候写作，有时候看书。她是个全职主妇，但是你从她的脸上一点也看不出来主妇的那种气息，有的只是像茉莉花般淡雅的香气。如果你和她聊天，会感觉是一件非常舒服的事情，因为她阅历丰富，娓娓道来之中让你醍醐灌顶。

这样的她，让老公很自豪。每次出门，她老公都会挽着她的手，主动对朋友介绍，这是我的老婆，是作家，她的书写得特别好，能娶到她是我的福气。

前年，我和她去一个海滨城市小聚。夜里我们两个住的是标间，她的老公从白天到晚上，给她打了不下 4 个电话，除了关心，还问她什么时候回去。

她说："他就是小孩子一样，恨不得 24 小时守着我，烦死了。"只是看她满脸的幸福甜蜜，哪里有一点烦的样子？简直是赤裸裸地秀恩爱，好不好？

上周末，我看她在朋友圈说："今天我在家赶稿子，他一直默默地坐在旁边陪着我，还说我都不看他一眼。怨男就是这样的吧？"

3

比较静雅姐姐和这位作家朋友的经历，我明白了一个道理：当一个女人的世界只剩下男人的时候，那么彼此都离窒息不远了。

静雅姐姐因为把自己的注意力和精力都放在自己的老公身上，所以反而把老公推得更远了。

而我的那位作家朋友，因为有自己的事业，她沉浸在自己忙碌的世界里，她的老公反而对她没有安全感，会紧张她。

这真的是一个有意思的现象。

是的，男人像孩子，管多了逆反，一旦放开手，他又觉得没有安全感了。

只是现实生活中，很多女人不太明白这个道理，非要把老公紧紧地看守着，就像静雅姐姐一样严防死守。百密一疏，一个想出轨的男人，你是关不住的。尤其是，你越是管着，男人越是反感，还不如晾着他。

很多女人，在两个人的关系密不透风的时候，都舍不得稍稍闪闪身，给自己的婚姻留个缝儿，透点气。她们怕自己稍微走远点，这个家就被另外一个人占领了。

其实，恰恰相反。

4

以前我看到过一句很有意思的话：爱情是一个磁场，而不是一根绳子，捆着他，不如吸引他。一根绳子会让男人有挣脱的欲望，而一个磁场却能给男人自由的假象，和一个永恒的诱惑。

是的，对于男人，与其捆绑，不如吸引。做好你自己，他怎么会不喜欢你？

说点我自己的经历吧。

全职妈妈的一年，很多时候，我是有点调整不好自己的状态的。虽然我没有看守青蛙先生的意思，但是两个人还是有点两两相厌的。

反而是现在，我每天回家忙着做自己的事情，没空理他，他觉得我可爱一些。

前段时间，青蛙先生还感慨地说：要是你以前像这样，我肯定会更爱你。

意思就是我没有时间管他，也不用盯着他看了，不会去挑剔他，找他的缺点，他舒服，我也舒服。

我每天都要搜集素材，写文章，忙得不亦乐乎，确实没有时间关注他太多。

这样的我，在青蛙先生眼里，反而变得比以前更好了。也许是因为我们给了彼此更多的自由吧。

5

很多女人，一直在苦苦地追寻经营婚姻的好办法。

在我看来，女人们根本就不必向外寻找什么办法，只需要经营好自己就好了。

男人们都不喜欢黄脸婆，不喜欢唠叨的女人，不喜欢天天挑他的刺的女人。

一个女人变得越来越好的时候，她脸上的光芒就会自动显现出来，这些光芒也会抵消皱纹对她的伤害。

同时，这些光芒，也会吸引男人的目光。

孩子不该是你们的最爱，你们自己才是

1

　　一个女友向我说她的苦恼，自从有了儿子，她的生活重心都在儿子身上，儿子哭了笑了会翻身了会走了，他吸引了她的全部注意力。

　　因为一个人的精力是有限的，因为她把重心全部放在儿子身上，对老公的关注相应地就少了很多。

　　老公加班晚归，以前她还打电话去问下情况，现在有了儿子，她不再打；老公生病，她不再像以前那样，时刻守在他身边，而是要照顾儿子；老公想吃她做的菜了，她还得看看儿子乐不乐意让爸爸带，她好抽空去厨房……

　　因为她对老公的疏忽，她觉得他们夫妻两个，现在感情越来越淡了。没有什么矛盾，就是交流越来越少，他们再也没有了以前的亲密。

她自己也知道这样不行，但是让她把 1 岁多的儿子放在次要的位置她又做不到。

于是她只好继续纠结，又照旧。

其实，除了女友的这种情况，还有一种就是夫妻关系比较糟糕的，因为得不到丈夫的爱，很多女性有了孩子之后，情不自禁把自己的爱全部投入在孩子身上。

因为孩子占据了自己心中的最爱，夫妻关系就退居其次，甚至不再爱。

2

这种家庭关系并不是正常的，可惜很多人意识不到。

说两个我知道的熟人的例子吧。

有个远房姨妈，当年她的婚姻是父母做主的。婚后，两口子性格不合，经常吵架，对对方特别冷漠。

姨妈家只有一个儿子，因为婚姻成了一个摆设或者说是空架子，她就把全部的爱和希望，都给了儿子。

儿子上初中住校，她在镇上租房子陪伴他；儿子上了高中，她在城里租房子陪伴他；儿子上了大学，她还是舍不得和儿子分开，她又跑去儿子所在的大学当宿舍管理员。

好不容易儿子大学毕业，她掏出积蓄帮儿子买房子，又和儿子在一起住。

这时候，看起来他们还算是幸福。

后来儿子娶了媳妇，小两口想下楼去散个步，她也要跟着；人家想出去甜蜜地过个周末，她还要跟着；小两口坐在沙发上依偎在一起，她也要去掺和一下，挤在中间。

有时候，她儿子不想带她去，她就说儿子不爱她了，哭闹着要回老家。她的儿子对此十分无奈。

除此之外，她对她家的儿媳妇有一种莫名的敌意，经常对周围的亲戚说，儿媳妇太懒，没礼貌，对她不好。我见过她儿媳妇，很温婉的一个姑娘，知书达理的，并不是她说的那样。

后来，她儿子见这样实在不行，太妨碍他们的生活了，想让她回老家，她反而不肯走。

因为她对儿子的过度依赖，弄得现在她儿子和儿媳妇的关系非常糟糕，已经到了要离婚的地步。

她儿子很痛苦。她不仅没有反思自己，反而经常说，我家强强又不缺媳妇，离了好。

周围的亲戚也多次劝她，不要干涉儿女的生活，她听不进去。

为此，他们一家人都很痛苦。

3

而我认识的另一位阿姨，跟我这位姨妈恰恰相反，她特别通情达理。

因为和老公的关系非常好，他们不但常在女儿面前秀恩爱，还很注意培养女儿的独立性，该锻炼她的时候就锻炼她，该让她住校的时候就让她住校，一点都不溺爱。

她说，我只是当一个正常的妈妈，给女儿正常的爱。

所以面对儿女长大后和她的分离，她没有焦虑，反而说，我就要解放了，多好啊。

现在，她的女儿已经成家。她从来不干涉女儿女婿的生活和决定。

为此，她的女儿女婿非常尊重她，节假日也会常回去看她。

她的女儿曾经让她去带孩子，她拒绝了。她说她是有婆婆的人，她不想参与女儿的家庭生活，去了就忍不住想管管，那样对她们都不好。

她现在住在我们的小镇上，晚上和老太太们跳跳广场舞，白天养养花，种种菜，日子过得挺滋润闲适。

并且她和爱人非常相爱，两个人出门买个菜，还经常手挽着手，周围的邻居们有时候也会打趣他们老两口。

4

这样一对比，就知道后面的这位阿姨幸福度高多了，也让人喜欢多了。那是因为她很好地处理了家庭关系。

德国家庭治疗大师海灵格说：在一个家庭中，丈夫和妻子之间的关系，有"优先权"，做父母的切不可为了"爱孩子"，而忽略配偶。

我的那位姨妈因为忽略了配偶，把所有的希望都寄托在孩子身上，孩子成年之后，她还忍不住想干涉他的生活，所以她和孩子都不幸福。

这是家庭关系中，比较糟糕的一种了。

著名心理咨询师武志红也说：健康家庭的第一定律——夫妻关系，才是家中的 No.1。

虽然很多女人刚当妈妈的时候，做不到把孩子放在次要的位置上，但是随着孩子的长大，是可以渐渐地脱出手来的。

因为孩子也有自己的生活，他们不可能一辈子需要我们。

5

很多父母都想为了儿女好，所以他们把自己的全部爱都给了孩子。但是我们也要明白，为了孩子的健康，我们不能太依恋他们，不要爱他们胜过爱你的配偶。

对于孩子来说，如果父母不把那么多的精力全部放在他们身上，只要父母是相爱的，他们反而更独立更优秀。

分清了家庭关系的主次，明白了配偶才是那个真正陪伴你一生的人，让自己回归正常，这样才是真的对孩子好，对家庭好，对自己好。

婚姻里待久了，聪明的女人选择这样做

1

好友小莉在朋友圈感叹：都结婚 10 年了啊，时间怎么过得那么快！

我打趣她，作为一个婚龄 10 年的妇女，谈点感想呗！老实说，你有没有觉得在婚姻这座围城里面待久了有点烦闷，想去外面寻求点刺激？

小莉回了我一个微笑说，我每年都会出去寻找刺激。

What？

当初温顺老实的小姑娘，一入围城就变坏了？

面对我一连串的问号，她说，你瞎想什么啊？我的寻找刺激，是指出去旅游。

原来，这几年每年休年假，她都会给自己放个长假。

这个习惯是从她家小妞两岁的时候开始的。

那时候，他们结婚 5 年，有两个娃，每天两个人除了工作，更多的是关心孩子的吃喝拉撒。

两个人平时除了孩子的问题，其他问题都没有时间交流，都身心俱疲。她老公每个月都会出差，还能出去稍微透透气，而她则不能。越来越苦闷的她，觉得自己太压抑了，再不出去透透气就要疯了。

那个年假，她把两个孩子交给公婆，一个人去了向往已久的大理。面对她的决定，她老公也很支持，那一周他还主动留在家里帮忙照顾孩子。

在旅途中，莉莉的心情变得轻快，她发现原来除了婚姻，自己还可以一个人独自行走。

因为是下定了决心，她在旅途中，每天只给家里打一个电话，也相信公婆能照顾好孩子。

那一路她非常放松，在丽江的小客栈，她一个人喝茶，坐在小院里晒太阳。

真是久违了的感觉。自从步入婚姻，升为父母，她一直都是忙碌的，养育两个孩子，感觉像是被生活推着往前走。

没有激情，婚姻也如同一潭死水，没有活力，更多的时候，是觉得无奈。

但是这次长达 6 天的旅程，小莉体会到了另外一种美好。

原来很多时候，是我们把自己想象得太重要了。

你短暂的几天不在家，老公和孩子不会没有饭吃，也不会没有衣穿。正好也让老公体会下带孩子的艰难，体会下自己的不容易。不然他永远都是吃着你准备好的饭菜，看到的是你照顾得好好的娃儿，很难看到你背后的付出。

在这之前，小莉从来没有一个人出行过。

但是这次出行，让她爱上了一个人行走。原来自己一个人也可以这样快活，有种重回青春的感觉。

这几年，每年她都一个人出游两次，有时候，她老公有空也会陪她一起。

因为出门多了，她学会了做旅游攻略，很容易就能找到很多自己喜欢的好吃好玩的地方。

最重要的是因为见识多而广，她的谈吐气质都发生了很大的变化。

她的婚姻呢？变得越来越有活力了。

对于一个女人来说，既然拥有了一个人走遍天下都不怕的本领，还何惧眼前的变化？

因为她对自己的信心越来越足，加上为了赚够路费，她努力工作，变得越来越优秀，她老公越来越爱她。

小莉说，让她的思想开始转变的，大概始于5年前的那场丽江游。

正是那次旅行，让她看到了一个人的无限可能性，最重要的是，女人不要把自己拘泥在婚姻里。越是抓得紧，可能越是得不到，不如放开自己，也放开他，反而有利于两个人婚姻的稳定。

2

小莉这种做法是聪明女人的做法，选择在婚姻里出游，换种风景，换种心情。

而有一种做法不那么聪明，是选择换个人，也就是我们常说的出轨，以此寻找刺激。

当然，我们这里先排除水性杨花的女人，和那些本就对婚姻不忠诚的女人。

为什么身边有些看上去比较可靠的老实女人，也出轨了？

那是因为，婚姻到了一定的程度，真的是如同鸡肋，食之无味弃之可惜。

有些女人积累了很多的怨和恨，这时候只要有人对她们好点，简直就是星星之火，可以燎原。

小时候，我不太能理解婚姻里为什么有女人会出轨。

那时候，拉扯三个孩子的母亲却对周围人的出轨表示了极大的理解，觉得那是一种无奈。

尤其是女人，要带孩子，要做家务，有些还要受经济条件的限制，过得并不开心。丈夫对她好，还好点；丈夫要是不理解她，那这个女人也够苦的。

以前我不能理解的，到了现在，我基本都能理解了。

很多女人，在婚姻里遗忘了自己，觉得老公和孩子就是自己的天。后来孩子大了，不需要自己；老公有他的事业，忙碌着，无暇顾及自己。

那么怎么办？

肯定很多人想过寻求刺激，有人实践了，有人控制着自己没有实践。

很多实践的女人，最后下场都并不美好。

我认识的一位好友的姐姐，原本家庭幸福，婚龄 7 年，可是因为她的出轨，婚姻结束了，而情人得知她离婚后也丢下她跑了。

这时候，她才明白自己贪恋的激情，原来不过是一场美丽的泡沫雨。

这位姐姐，后来真是肠子都悔青了，但也回不到当初了，哪怕是那有瑕疵的婚姻，都回不去了。

现在不到 40 岁的她，因为不幸福，苍老得不成样子，正在为自己当初的错误买单。

我有时候想，那时这位姐姐家庭条件那么好，生活原本很幸福，如果她明白，一个女人要学会自己出门，学会自己出游，是不是一切又不一样了？就算你不想一个人，拉上老公两个人出去过几天二人世界，还能让你们回忆起初恋时候的感觉。这样也能滋润感情，给原本枯燥无味的婚姻注入活力。

但是，没有如果。

3

是的，在婚姻里待久了，有人选择出轨，有人选择出门。你会怎样选择呢？

我想聪明的女人都会选择出门吧。

只是很多女人不敢付出行动，或者不敢尝试。

我不止一次看到过，两口子通过出游来修补感情，后来很成功的。

因为换个地方，换种心情，反而有利于我们摆脱烦琐的生活，看清楚自己的真心；也能让两个人抛开种种琐事，开诚布公地谈谈，进而修补感情。

如果你的感情或者你的婚姻，正在变得索然无味，那就出游吧！

一个人也好，两个人也罢，关键是让我们的婚姻能够喘口气儿，能够留个缝隙让阳光照进来。

婚姻里，女人一定要有这种能力

1

前几天，有个很久不联系的老同学找到我，说我经常写一些情感文章，是个通透的人，让我帮她评评理。

老同学最近和老公的关系非常糟糕。她老公在小县城当公务员，她当老师，按说都是很不错的工作，应该很幸福才是。

坏就坏在，这位老同学经常抱怨自己的老公没本事。

因为他们结婚七八年，她老公当了 9 年的公务员，一直是个小科员，没有升过职。而和她老公一起进去的人，有些已经升了两级，有些外调了，比来比去，就数她老公发展得差。

眼看着她老公的单位又要提拔一批人，她很希望她老公去活动一下，升一级。可是她老公依然像个没事人一样，不为所动，她看了气不打一处来。

两个人有了争执，她便对她老公发泄了这几年的不满，嫌弃他没本事，不能升职，天天满足于眼前。

她老公说，你又不是不知道我的性格，我就不喜欢那一套，你还非要让我那样，要是嫌弃我，你可以离婚啊。

老同学气得摔门而出，给我发来微信说，他简直就是个榆木疙瘩。

我问，那结婚之前，你老公是不是这样呢？

她沉默了一会儿说，那时候，他就喜欢每天黏着我，给我做好吃的，确实也是没啥野心的人，当时我觉得两个人一起过点安生日子也不错。

我说，那不就是了，当时你就是了解他的，为什么现在立场就不坚定了？

她叹了口气说，可能是我现在年纪大了，功利心强了，加上我现在升了教导主任，所以我就看不惯他那个不思进取的样子了，我也有错。

能够意识到自己的错误当然是好事情。

末了，我对她说，你已经通过努力让自己变得强大了，不必要强求他也这样，每个人都有自己的生活方式，尊重是基础。

不知道她能听进去多少。

2

细想一下，身边有很多女人都希望自己的老公能够有本事。

为什么呢？

因为她们想的是，自己的男人有本事了，自己就可以过点舒服的日子，不用这么辛苦了。

这个社会，每个人的压力都很大，尤其是女人，要当好母亲，还要干好工作，压力更大。

很多人，在这双重压力下，寄希望于男人。

如果老公发达了，我是不是就不用这么辛苦了？看中的东西，可以不眨眼地买下来，哪里用得着掂量来掂量去的？

老实说，这样的心态我也有过。我也希望，老公能够多挣钱，这样我就可以不用努力过上好日子。

但是老公只有那么大的能力，这是以前我就了解的，后来我觉得为这些抱怨，太不值当了。

这世界上，锦衣玉食的女人确实有很多，但是大多数女人还是和我一样，需要自己辛辛苦苦地付出，起早贪黑地工作，才能换来自己渴望的物质生活。

这样的辛苦，有时候想想难免会有怨气。

可是，如果让你什么也不干，就能过上你梦寐以求的物质生活，你心里会踏实吗？

3

在这一点上，我有个朋友敏敏做得不错。

她的老公是我们小县城一所中学的老师，只一心教学，每天下班帮老婆洗菜做饭，闲时喜欢看看书写写字，没有什么野心，更不喜欢应酬。大家都说他是个淡泊的人。

在很多女人看来，这样的男人是没啥前途的。但是敏敏却很理解她老公，只要他过得快乐就好。

至于挣钱，敏敏靠的是自己。

其实婚后赋闲的敏敏，以前也抱怨过自己的老公。可是有一天，她好像突然想明白了似的，要靠自己。于是她去学习了美容技术，随着小县城人们生活水平的提高，敏敏发现了商机，辞职在市区繁华地段开了一家美容院。

现在她的美容院已经去邻市开了分店，敏敏靠自己混成了小富婆。

我一直觉得她比我通透聪明，明白女人需要靠自己。

4

很久之前我看到过一句话：女人一定要有让自己过好日子的能力，一定要有别人拿不走的东西。

一定要有让自己过好日子的能力，对于已婚和未婚的女人，都是适用的。

很多女人，都喜欢把希望寄托在自己的老公身上，她们希望老公能够满足自己的所有期望：有钱，还有闲，能够给自己提供优渥的物质条件，还能随叫随到。

怎么可能呢？

你有什么资本，把世界上所有的好事情，都一个人占了？

有时候，女人与其苦苦地抱怨男人没有满足你，不如自己去争取，去奋斗。

本来在婚姻里，两个人都是独立的个体，你独立了，拥有自己过好日子的能力，不管是一个人还是两个人，都可以过得很精彩。

这样的女人，没有男人不爱。

偶尔撒娇、示弱、流泪可以，但是男人忙的时候，你要有能力给自己找乐子，过自己的快意人生！

这样的女人，才能见识宽广，活出精彩人生！

想出轨的男人，最喜欢找什么样的女人

1

公号的后台，有个姑娘留言讲了她的故事，让我帮她拿个主意。其实在我看来，姑娘只是想找我这个陌生人倾诉。

征得她的同意，我把这个故事写出来了。

我们就叫这位姑娘倩倩吧。

大概一年前，倩倩在火车上认识了一个男人。两个人聊得很投机，男人主动加了她的微信。那之后两个人一直在微信里聊，每天享受着这个男人的甜言蜜语，对于单身在外的她来说无疑是蜜糖。

两个人微信越聊越甜蜜，后来开始煲电话粥。两个月后，当他向倩倩表白的时候，倩倩羞涩地同意了。

尽管两个人不在同一个城市，但是动车也就一个小时的距离。倩倩成了男人的女朋友之后，男人每个月过来看她一两次。每次男人过来陪她的时候，她觉得他就是自己的全世界。

她从来没有问过这个男人是不是结婚了，男人更没有告诉她。

只是很多次男人和她在一起的时候，接电话是背着她的。她则想做个宽容大度的女朋友，让男人保有尊严和秘密。

2

上个月，男人的生日那天，倩倩请假去了他所在的城市，想给他一个惊喜。

只是，男人对于她的到来并不开心，直说倩倩胡闹，应该早点告诉他的。那个晚上倩倩想陪他过一个生日，但是男人说自己的家人在等着他回去吃饭，不能带她去。

倩倩失落地表示理解，只是她一个人在外面闲逛的时候，看见男人挽着一个漂亮女人的胳膊有说有笑的。

倩倩的心当时都凉了，但是她还是想弄清楚。再傻的人，到这时候都应该明白男人有问题了。

第二天男人来找倩倩的时候，她问，我昨晚看见你挽着她，你到底还想骗我多久？

男人很少见她这么严肃，连连给她认错，并坦白。他说，那个女人是他老婆，他们结婚 3 年了。

他对这个女人没有感情，她是他父母看中的儿媳妇，父母让他娶他就娶了。那时候，他还没有遇到倩倩，以为这辈子就这样了。不过，他已经向女人提出离婚了，昨天他们是装装样子，做给他父母看的。

他让倩倩一定要相信他，他离婚了就会立即娶她的。

3

倩倩说，他怀疑男人是骗她的，因为那天她见到男人和他老婆分明感情挺好的。

我说，那不就结了，既然他都是骗你的，你果断地离开他不就成了？他和你谈恋爱之前没有向你坦白，你发现了他又编造谎言骗你，怎么看怎么渣，你不扔掉他，难道还想留着过年？

倩倩说，我知道，可是他之前对我那么好，现在每天追着我认错，我真的不相信他是那么坏，肯定是不得已吧。

傻姑娘，为一个渣男找借口，无非是放不下他罢了。

我说，你真的没有必要跑到别人的感情里当配角。以前是你不知道，不知者不罪，现在呢？你什么都知道了，又何必为难自己？

最后倩倩说，自己需要考虑一下。

我不知道她会怎么选择，但是我还是认为，有时候离开一个人并没有那么难，现在你可能会痛苦一阵子，毕竟真爱过。拖久了，难道你想痛苦一辈子？

把那么美好的光阴，都浪费在一个给不了你幸福的人身上，真的没有必要。

4

不过在整个事件中，我也知道了倩倩来自一座小城市，家里就她一个孩子，从小父母就把她保护得很好。

除掉她高中时的暗恋，这个渣男是她的初恋。

因为没有谈过恋爱，没有受过伤，加上被家人保护得太好，难免被人骗。

年轻的时候，幸运的女人很少遇到渣男，但是倩倩并不幸运。倩倩知道渣男是骗她的，她还走不出来，还想继续欺骗自己他是爱自己的。

很明显男人的话，就是谎话连篇。

第一，他父母看中的儿媳妇，他不喜欢。是个真男人，根本就不会受父母的摆布，除非他是个懦弱的妈宝男。妈宝男什么的，就是娶了老婆，妈妈也是最大的，当他老婆是最可怜的了，赶紧离开是正事。

第二，男人明明是想"外面彩旗飘飘，家里红旗不倒"。被倩倩发现他和妻子很甜蜜，他就说是装样子，做出一副苦大仇深的模样，明显是为了博得她的同情。

第三，男人是看准了倩倩这样纯洁的小姑娘好欺骗，所以各种苦情戏一起上演，只能说太邪恶了。

这样的男人，趁早离开。

倩倩不是不知道男人在骗她，她是割舍不下自己的感情，还有自己的付出。

年轻的时候，我们都是这样，以为自己付出了真情，别人也会对我们报以同样的真情。

年纪大了就明白了，尤其是在感情里面，你的付出未必就会有同等的收获，搞不好是一场欺骗。

最好的办法就是认清了赶紧离开，免得当断不断，最后落得个凄惨的下场。

可惜，很多时候，都是旁观者清、当局者迷罢了。

如果换成年轻时候的我们，很多人也是未必有勇气离开的吧。

这正好给了男人继续骗下去的理由。我敢说这个男人最后不会和他老婆离婚的，他无非是看着倩倩青春美貌，为了满足自己的私欲罢了。

5

有一天我看到一个故事，讲的是一个姑娘，3 年的时间，被一个有夫之妇欺骗。

她也是舍不得离开，各种犹豫，心里给出各种理由说服自己。

一拖再拖，拖了3年，男人从开始说要和老婆离婚，到后来他的孩子都出世了，还没有离。

姑娘各种伤心，说到底还是舍不得离开，因为毕竟这3年她付出了很多真感情。

后来她的好朋友悄悄地带着她跟踪了这个男人一天，看到他对妻子、孩子的各种温柔，姑娘才彻底绝望。

好友说："看明白了没有？他绑着你，哪里是想娶你，不过是想着你了逗逗你。你的青春是有限的，你还想继续犯贱下去吗？"

姑娘摇摇头。

后来姑娘勇敢地分手，离开了那座城市，回了老家。

两年后，她嫁给了一个真正爱她的男人。

结婚的那天，她特别感谢自己的好友能够骂醒她。如果不是这样，她说不定还沉浸在错误的感情里无法自拔。

有时候，男人骗一个女人，不是因为这个女人好骗，而是这个女人明明知道那个男人在骗自己，还为他开脱。

你都给他的种种不好找了理由，他若是不继续骗你，他肯定就不是男人了。

男人最喜欢的就是这种傻姑娘，明知道他在骗她，她还一次次地原谅他，为了他甚至牺牲自己。

最后呢？傻姑娘，当你遍体鳞伤的时候，谁来心疼你？

如果你自己拯救不了你，谁也拯救不了你的。

人，任谁都会犯错走错路，错了不怕，怕的是错了你还继续沉浸在错误里，告诉自己很好，这就是你想要的爱情。

所以，姑娘们，不怕痛一时，就怕痛一世，勇敢地和错误说拜拜，做自己爱情的主角吧！

什么才是男人最好的补品

1

作家晚情在《一位妈妈在女儿出嫁前说的话》这篇文章中，写一位妈妈在女儿婚礼上的致辞，有一条是：经常为老公炖点补品，他的健康关系到你下半辈子的幸福，另外，你的赞美和崇拜也是男人的补品。

顿时觉得这位妈妈太睿智了，因为一个女人对男人的赞美和崇拜，才是鼓励这个男人前进的动力，这种精神上的补品，远远胜过物质上的人参、燕窝啊。

在实际生活中，一个男人也许并不在乎每天喝白粥，却希望自己的爱人，能够每天鼓励他，给予他肯定，这胜过让他吃一切美味佳肴。

物质上的补品，吃到嘴巴里，进入胃里，最后被消化掉了，至于吸收得好不好，要看男人的胃是否足够好，还有身体的其他功能相互配合。关键是，有些男人的吸收和消化能力不好，吃再多也没用啊。

而精神上的补品则不一样，一个男人在情绪低落、事业处于低谷的时候，听到女人的鼓励和安慰，会觉得温暖。哪怕再难，他的心也是暖的，也会继续迎风破浪而前进，最后收获的必然是成功或者是其他他想要攀登的目标。

2

有天我在书上看到一个故事，讲的是一个女人，天天抱怨自己的老公挣钱少，没啥事业心，眼看着他的同学们个个都混得比他好，赚得比他多，日子似乎也比他家过得好。

女人开始沉不住气了，她每天都指责这个男人，指责他不努力，指责他毫无情趣。她总是找各种由头和这个男人吵架，男人变得越来越不爱回家，脾气也越来越差。

后来，这个女人果断地离开了这个"窝囊"的男人。

离婚后，她很快再嫁，刚开始的时候，她确实和后来的老公过了一段甜蜜的日子。但是一段时间之后，她又开始挑剔这个男人身上的种种毛病，他们又开始了争吵，这个男人又像第一个男人一样变得不爱回家。

这个女人认为是自己运气不好，总是遇到这样的男人，所以找的男人一个不如一个。

与此同时，她的前夫也再娶了，并且和太太在一起和谐又幸福。这个很久不升职的男人，自从娶了这位太太后，还连升两级。

这位太太对这个男人的评价和男人的前妻对他的评价是截然不同的，她认为自己的老公温柔体贴，人也踏实勤劳，对自己也疼爱有加。

3

为什么会这样呢？

后来这个男人自己揭开了谜底。他的前妻总是抱怨他，嫌弃他这不好，那不好，让他觉得自己很失败。久而久之，他真的变得不好，因为他再好，她也看不到。

而他的现任太太，则对他很温柔，无论他做什么，她总是肯定他，鼓励他，并且包容他。这让这个男人觉得自己很有价值，他也愿意待在家里，并且在职场上也愿意发挥自己的潜力。

同样的一个男人，抱怨和指责的女人，看到的是男人的颓废和堕落；而鼓励和肯定的女人，看到的则是男人的上进心和爱。

这就是女人的智慧了。

聪明的女人，不管是在男人事业低谷还是事业高峰的时候，时刻不忘记肯定他，她们会从日常生活的点点滴滴中，肯定这个男人的价值，肯定他的付出。因为女人的夸奖和鼓励，男人会慢慢地朝着这个方向发展。

4

　　但是现实生活中，很多女人，包括我自己，往往都做不到这样。

　　这些女人，觉得自己为这个家，为老公，为孩子，付出了太多太多，她们会替自己感到不值得，整天把自己当作受害者，觉得自己的不可爱，还有种种暴躁，都是被生活和男人逼迫的。

　　如果自己的男人够温柔够有耐心，那么她们也一定是温柔可爱大方的。

　　所以很多女人经常埋怨，明明她们做了很多，但是她们说出来了太多负能量的话，男人不仅不会感激他们，反而会疏远她们。

　　在这一点上，我也是傻女人之中的一个。

　　就好比昨天，我悄悄给青蛙先生换了新的枕芯，后来我在忙着洗衣服，他又不满意我换的新枕芯，觉得太硬，还要找原来的。

　　我顿时就气不打一处来，各种指责和抱怨，虽然最后我找出了他的旧枕芯也帮他换掉了，但是这个过程，其实我真的是吃力不讨好的。

　　因为我受了累，也吃了苦，但是因为嘴巴不饶人，最后不仅没有得到他的感激，反而被他讨厌。

　　这样的事情，也不止发生了一次。有时候，我一个人干家务，真的比较累，看到青蛙先生一副不帮忙的样子，我就很生气，为了表达我的生气，话怎么伤人，我就怎么说，这确实是不明智的。

好在，我能看到自己的错误，只能在以后的生活中慢慢改正了。

5

我曾经看到过一句话：如果你想要一个好老公，就先把他当作一个好老公吧。因为每个男人骨子里还是愿意做一个被老婆赞美的好老公的。

一个女人积极正面的话语，日积月累，真的能够慢慢地改变一个男人，造就一个人人羡慕的好老公。

如果他回来晚了，不要他一进门就批评他，怎么回来这么晚，去哪儿了？而是关心地问他，是不是吃过了？厨房里还热着菜呢。如果他喝醉了，记得给他煮醒酒汤。

如果他的工作出了问题，遇到了阻碍，他需要安静的时候，就让他安静；如果他需要你的陪伴，就陪着他。男人脆弱的时候，也是需要安慰的，你的默默陪伴，就是对他最好的安慰。

不管他取得了什么成绩，记得给予他肯定，而不是拿他和别人做比较，"你这样就骄傲，有什么好骄傲的？ ××家的老公，比你更强，职位更高"，这是大忌。

还有记得在日常生活的点滴中，肯定他，鼓励他，哪怕是很小的一件事情，你的真心鼓励和赞美，他都会铭记于心，继而会逐渐变成更好的自己的。

所以女人，一定要记得，在婚姻里，与其给你老公喝一碗真鸡汤，不如给他喝一碗心灵鸡汤。

　　因为很多时候，他可能需要的是心灵鸡汤，而不是实实在在的鸡汤。

　　相信每个聪明的女人，都会根据自己男人的需要，炖一味适合他需要的大补汤的。

过得舒心的女人最美丽

1

我在上山的途中，迎面碰到一个下山的女人，隔着好几级台阶，我正好抬头看到了她的脸。

怎么形容呢？面色蜡黄，苦大仇深，那一刻，我的第一反应是她肯定过得不幸福。别问为什么，就是女人心中的那种直觉。

果然，和她错身而过的时候，我听见她在向旁边的同伴抱怨："你不知道，我是真的受够他们那一家子了，一点都不体谅我的辛苦，个个自私无情……我现在就是过一天算一天……"

后来，我继续上山，隔着老远还听见她在诉苦。

女人的幸福和愁苦都是骗不了人的，因为它会写在脸上。

年纪越大，女人的面相越是能够显示她的生活状态，因为相由心生。

苏芩说过：幸福是最瞒不了人的事情，尤其是女人心底的幸福，会像不老的泉水一般悄悄漫过周身，把她滋养得水嫩光鲜，纵然也会长皱纹，但幸福的女人，即便岁月刻下的痕迹，都是暖和而善意的。

如果一个女人，她的眉梢眼底多透出从容的善意，就说明她的日子过得还不错。

2

这让我想起一个人，我表婶。

以前我每次回村子的时候，最喜欢去我表婶家玩。

表婶刚结婚的时候，就是个美人儿，那时候我还小，无缘由地喜欢跟她一起玩，因为感觉跟她在一起很舒服，很开心。

后来，我渐渐长大，她一天比一天老，现在儿子都20多岁了。虽然她的脸上有了皱纹，但是她依然美丽。

这份美丽，不仅没有随着年纪的增长凋零，反而被岁月赋予了更多的从容和淡定，她周身散发着莲一样的香气。

和表婶同期嫁进我们村子里的好几个阿姨都是美人级别的，那时候其他村子里的男人都很羡慕我们村子里的男人，因为他们都娶到了漂亮的媳妇儿。

可是几年以后，有些阿姨就枯萎了，往日的美丽再不复见。只有我表婶从20多岁一直美到现在，可谓一枝独秀。

若说表婶没有烦心事，那是假的，前些年她要奉养家里的三个老人，可不是一件容易的事情。我表叔有五个姐姐，也就是说我表婶有五个姑姐，而这样的家庭，一般来说媳妇不好当，冲突矛盾多多少少肯定是有的。

但是，我见表婶和她们相处都十分融洽。她一向大度，也很舍得，为人处世十分妥帖。

因为她团结了老公的家人，所以两口子一向和睦，和气生财，他们家收入也不错。

因为表婶的口碑比较好，所以村子里没人说她坏话，提到她无人不夸。

所以这么多年，她一直过得十分顺心，没有婆媳不和，没有夫妻相斗。

到现在近 50 岁，她还是一朵俏丽的花。

这份舒心，骗不了人。

在农村，我见过很多女人因为一味地妥协或者争强好胜，过得不幸福，满面悲苦。这和她们自身的状态也有很大的关系。谁家没点烦心事呢？只是有些人善于化解罢了，所以她们反而能够得到婆家人的尊重，日子过得相对顺心。

3

其实，每个女人都是可以漂亮的，只要她遇到了可以让她漂亮起来的生活。

三婚的钟丽缇，虽然脸上也有皱纹，但是满脸是藏不住的幸福。一个女人，带着三个孩子，还嫁给一个比她小很多的男人。她创造的不仅仅是自己的传奇，更是她会生活、爱自己的一种象征。

除了钟丽缇，还有熊黛林。以前当天王嫂的时候，让多少人羡慕嫉妒恨，然而那时候并不见得她多快乐，我的记忆中没有发现她笑多少次。最后分手的时候，天王说，鞋子合不合脚，只有自己知道。她受尽了委屈。现在再看她，有一种洗尽铅华的美丽。很沉着，很大气，低调的幸福，连眼角都藏不住。

这种美丽还包括伊能静，以前她很落寞，自从再婚后，每次看到她的照片，都觉得她眼里的光好柔和。生了女儿后，那种被宠着的感觉真是藏不住，整个人散发着幸福从容的光芒。

这些都是我们能够经常见到的女明星，纵然她们的脸蛋都很漂亮，但是如果不快乐，脸上还是会流露出来的，哪怕她们再会掩饰也没用。

4

怎样才能判断一个女人是不是过得舒心呢？

很简单，看她是否美丽。

每个女人都是可以幸福的，只要你放下一些在别人看起来羡慕的东西，或者是一些执念。有时候换个角度想，一切都不一样了。

过日子的时候，才知道家家有本难念的经，谁家又有多称心如意呢？不过最后是那些会生活的女人胜出罢了。

　　如果你不知道自己到底过得好不好，很简单，自己去镜子前面看看你的脸。

　　因为镜子是不会说假话的。

　　镜子里面你的那张脸上，写满了真实的答案，也是你是否真正幸福的写照。

　　答案你自己知晓，改变与否，全在你一念之间。

每个女人，都要有在鸡毛蒜皮里过得干净利落的本事

1

我很久没有和好友 M 联系了，前几天终于和她联系上。

她说："你知道吗？我差点和我家那位离婚了。"

我说："不会吧？你们两个感情一向好，可是朋友圈的模范夫妻。"

M 说："好是你们能够看到的表面，内里还不是一堆鸡毛蒜皮的小事儿？"

我说："说说呗，这次是为了什么。"

朋友说："真的是很小的一件事情。

"半夜的时候，孩子总会哭闹几次，我都跟他说过了不知道多少次了，让他记着点儿，孩子哭闹，让他不要说话。我自己轻轻地拍拍就好了，孩子一会儿就睡着了，结果他呢，非要把灯打开，

兴师动众地问孩子到底是怎么了。

"看到灯光孩子就算瞌睡，很快也清醒了，于是后面怎么也睡不着了，苦了我了。

"接下来，他呼呼大睡，我要开始和孩子战斗，争取让他早点睡，眼睛皮都抬不起来了，真的是又困又累。我心里那个窝火啊，实在是忍不住，对他吼了一通，我的瞌睡没有了，他气得去了书房睡。

"然后，我们就开始冷战。我真的想和他离婚算了，每次让他照顾孩子，都是成事不足败事有余，不是这里磕着了，就是那里碰着了，该哄的时候不哄，不该哄的时候，又出来捣乱。

"有时候真的是难以忍受，觉得这样的日子没个奔头，还不如离了算了，早离早好。"

我说："我也有过这样的时刻。"

2

M 的心情，我太能理解了，前些天在小区的妈妈群里，也有很多朋友说过这样的情况，我家娃娃也是这样的，半夜哭闹的时候，不能说话，大人一说话，她彻底清醒，能闹腾半夜。

哄孩子的那个人真的是太辛苦了，不管是不是全职妈妈，大半夜的，不能睡，真的很痛苦。

我见过我那些因为晚上哄孩子而睡不好的朋友，第二天她们不是一般的难受。这就是女人的辛苦。

可惜很多时候，男人理解不了，觉得女人就是矫情，怎么那么一点小事情，她们就忍受不了，非要吵吵嚷嚷的，闹着要离婚。

可是女人的能量就那么多，那么多的家务事，还有孩子，她们都必须去管，去付出，有时候真的很崩溃。

男人不帮忙分担就算了，最起码要体谅一下，不然女人很容易寒心。

老实说，每次和青蛙先生一吵架，一生气，我就有一种过不下去的冲动，他有时候甚至都不理解，我为什么会发那么大的脾气。

比如说，我每周六早晨起来的大清洗，大多数都是手洗。有时候孩子还在旁边，催着让我赶紧带她去游乐场玩。

我的周末时间就这短短的两天，青蛙先生不明白，我为什么不能把要洗的东西分散到每天晚上下班回家去做。

每天晚上，我下班到家都7点多了，堵车的话，8点都是有可能的。回去了，要陪孩子玩一会儿，有时候还要打理公号，白天工作了一天，来回坐车折腾了几个小时，真的很累，想早点睡觉。哪里来的时间洗衣服，做各种家务？所以只能集中到周末，大人小孩的衣服，床上的床罩被单，各种要洗的，加在一起，也不少。

我最反感他在旁边说风凉话：你完全可以不做啊，干吗要做呢？

我真的很想爆粗口：我不做，你更不会做啊，孩子下周穿什么？

有时候我气不过，就特别想离婚，心里特别恨，我怎么找了个这样的男人，一点都不体谅我，一点都不体贴我，简直是过不下去了。

当然，也就是这么一会儿。

后来，想想日子还得继续过下去。冷静下来，想想还是算了吧。

3

这是女人太小气吗？当然不是。

婚姻的崩溃，除了出轨和外遇这样的事情外，很多时候，都是在一些小事上的分歧。

一点点小事，可能都会在婚姻里引发一场"世界大战"，让以前建立起来的牢固基础，瞬间分崩离析。

虽然我们也想有点理智，也有很多文章教女人，生气的时候，一定不能说离婚，不能说狠话，不能翻旧账，但根本做不到。

那么多教女人不要去做这些的文章，恰恰说明了，女人一旦生气，就喜欢这样做。

根本就刹不住车，我知道我自己是这样的。

有时候那么多的怨恨和不满，并不是因为什么大事情，恰恰是日常生活的一些小事情，积累到足够的程度，足以引起一场婚姻的大地震。

男人通常觉得女人是无理取闹，可是女人呢，从来不认为是这样的。

因为这些看似微不足道的小事情，都需要女人去操心，去关注，她们比男人花了更多的心思，所以才会更难过。

4

我还有一个朋友，就因为晾衣服的事情闹得要离婚。

早晨她出门加班的时候，在洗衣机里面放了一桶衣服，已经开始自动洗了。

她再三给男人交代，今天天气好，你在家，记得一会儿洗衣机的衣服洗好了，晾晒出去，晚上就能干了。

结果等她晚上下班回来，她老公跷着二郎腿，坐在那里刷微信，而衣服呢，还在洗衣机里面。

她顿时就火了，开始指责她老公，她老公就轻飘飘的一句，"我忘了。"

她的火气就更大了，你坐在这里玩儿就不会忘记吗？

两个人就开始吵了起来，不一会儿生气的两个人都开始摔东西，家里变成了战场。

那一刻朋友觉得特别绝望，特别难过，结婚是为了什么呢？结婚了，甚至比没有结婚更闹心，一个人多简单。委屈伤心，一起袭来。

朋友后来说，那时候真的特别想拉着她老公去办离婚算了。

因为她辛苦工作一天，男人在家待着，只顾着玩儿了，衣服没晾，更没有说买菜做一顿饭。

这样的时刻，她看不到婚姻的希望。

所以才会萌生退意。

都是一些很琐碎的小事情，可是却能摧垮我们的婚姻。

说出去，这些事情让人笑话，自己都觉得不好意思。

可是那时那境下的绝望和失落，谁能懂呢？

不是女人喜欢没事找事，婚姻本就是两个人共同的责任，但是现实的情况是，女人承担了很大一部分。

家庭里的那些细小的琐事，都是女人在操心，她们才会那么烦躁。男人在这些小事情上，不怎么在意，也不怎么关注。恰恰生活里都是这样的小事，所以女人有时候在面对这些小事的时候，才会控制不住自己的情绪。

比起原则性的大事，这些小事，才是婚姻的基础，所以爆发起来，威力也是巨大的。

婚姻是一门学问，每个男人和女人都是学生。有些人虽然笨拙一些，但是用心了，还是能学好；有些人虽然聪明，却不肯用心，最后还是惨败。

希望男人也能够用点心，在小事情上帮帮女人，多体谅一下女人，那样婚姻里才不会让女人萌生出那么多的绝望，才不会让女人萌生出那么多离婚的念头。

我们都要好好学习。

那些过得幸福的女人，都有这个特质

1

一个我认识了很久的女性朋友约我聊天。

她说她不快乐，每天都很抑郁，婆婆天天在她老公面前告她的状，老公不听她的，儿子也是小白眼狼向着自己的奶奶，学习也不让人省心……

总之，就是所有的事情，没有一点点如意的地方，她一点点幸福的感觉都没有。然而我只能当一个听众，我没有办法给她化解，甚至不知道该如何安慰她。

从咖啡厅出来，我们转战另外一个地方去品尝她推荐的特色菜。

约了车，在路边等司机到来。三四分钟后，司机就来了。但在这短短的等待过程中，她有些不耐烦，说外面太阳这么大，这个司机怎么搞的，还不来？其实才几分钟而已。

路途中，有一段路有些拥堵，司机为了缓解我们的焦虑，还特意开了空调。在烈日的暴晒下，确实有些让人着急，我觉得司机的服务还挺好的。

朋友却没有停止抱怨，一直在唉声叹气，司机也很无奈，想快又快不了。我是难得有工夫出来一趟，看到外面的所有景致，都觉得很惊喜。

相比较朋友，我终于明白，为什么她对孩子、对老公、对婆婆有那么多的不满了。

因为她缺少一种能力，就是随时随地寻找幸福感的能力，所以她的日子才过得一团糟。

虽然我这种能力也不足，但我知道它很重要，所以我也会时常注意锻炼。一个女人，不管是单身，还是已婚，都要学着随时随地寻找一些小小的幸福。

在觉得冷觉得累的时候，喝杯热咖啡，吃一块小蛋糕，就会觉得幸福正从身体的各个细胞涌向心脏；在觉得难过和悲伤的时候，听一首喜欢的曲子，心里的那些不快乐，随着流淌的音乐，渐渐地消退，幸福慢慢重现；在感觉受到朋友或者亲人伤害的时候，多想想他们对我们的那些好，慢慢地原谅，幸福就会一点点冲淡那些伤……

寻找幸福感的能力，我们要时刻运用到生活中，那么就会时刻是幸福的。

一个时刻觉得幸福的女人，没有搞不定的困难，日子必然也是越过越好的。

2

我之前有一位同事，杨姐，就是这样一个会寻找点滴幸福的女人。

那年单位组织我们去坝上草原，偏偏在崎岖的盘山路上，遇到了车祸，车堵得像是长龙一样，我们也不知道何时才能从山里出去。山里信号不好，手机基本上处于无网的状态。同事们都很着急，包括我，不知道干什么好。

眼看着已经中午了，肚子越来越饿。我们想念大餐和美食，但是却翻不过眼前的大山。

车里很闷，还有很多人唉声叹气。司机早已经把车门打开，我也就下去吐口气。往前走了几步，我发现杨姐在拍路边一朵白色的小花。我说我郁闷，不知道什么时候能到。杨姐笑着说，别着急，你想想这么难得的风景，平时我们上班，哪里有时间出去享受啊，既然我们现在处于这种环境中，又改变不了它，那么就学着享受吧；我拍点照片回去给我女儿看看，她最喜欢大山了，可惜这次不让带家属。

看着她平和的脸庞，我忽然明白，为什么已经 40 多岁的她看起来永远像是小女生了，因为她有一种时刻让自己幸福的能力啊！

所以我在办公室从来没有听过她的抱怨，有时候我们搞不定的读者和作者，都是杨姐帮忙解决的。

那天在杨姐的启发下，我也拍了很多照片，过了两天回去，和青蛙先生一起欣赏，告诉他，我走过的路，看过的风景。

一个人的幸福，瞬间变成了两个人的幸福，很美好的事情。

3

我还有一个朋友菊姐，认识她的时候，我不知道她已经离婚了。

因为我见过太多离婚的女人，变成了彻底的祥林嫂和怨妇。不管见到谁，都上去抱怨前夫和前公婆的种种不是。刚开始别人还可能同情她们一下，时间久了，别人见到她们都要绕道走，因为不想给自己找不痛快。

但是菊姐没有，她就像是阳光一样，时刻照耀和温暖着周围的人。

我听到得最多的是，她说今天儿子的表现不错，放学后，没有她的监督，自己主动做了作业；家里的昙花开了，她晚上守着拍了照片，好美；她终于学会了做蛋糕，并且学会了控制烤箱的温度，烤出来的小点心又松又软，所以她带来给我们品尝一下……

每每听到她的话，我就觉得她把阳光洒进了我心里，那么暖，那么舒服。

有一次，我问菊姐她是怎么练就自己乐观的本领的。为什么我的烦恼那么多，为什么我看见什么，心里都是满满的负能量？

她想了想，对我说："以前我也和你一样，甚至比你更糟糕。自从离婚之后，我发现，我的抱怨和负面情绪，改变不了任何东西，反而会影响孩子，影响自己的心情。所以后来我想通了，也就看开了，多想点好事情，那样好事才会来临；多看到美好，美好才会来到我身边。所以我学着鼓励自己，也鼓励别人，看见幸福，也分享幸福。这样之后，我发现我的生活状态完全变了。以前做不成的很多事情，都因为我的态度，也或者说是思维方式的变化，而变得越来越好，而我活得也越来越好。"

4

听菊姐说这些的时候，我还没有结婚，对这些的认识都不深刻。

10多年后，在写这篇文章的时候，我终于明白了菊姐的意思。这也是我需要向她学习的地方。

我们很多人，包括我自己，都缺少发现微小幸福的能力。

尤其是有了孩子，家里的烦琐事情陡然增多，女性的角色，需要我们付出更多的努力。

大大小小烦琐的家务事，就够我们忙活的了。在这个过程中，很多负面情绪会忍不住跑出来，就像是恶魔一样，破坏一切。

所以我们看不到老公和孩子的美好，看不到生活的美好。有时候还会把自己的负面情绪传染给他们，控制不好的话，甚至会发生家庭大战。

而一个幸福，也或者说聪明的女人，会随时随地寻找生活中点滴的微小的幸福。

她能够看到很多人看不到的细小的美好，所以生活也越来越顺，事业也越来越顺，家庭关系也越来越和谐。

因为她们的心中充满了光，布满了幸福的能量因子。

愿我们都成为心中有光的女人，照亮自己，照亮周围的人。

女人的幸福感为什么比男人低

这听起来好像是个很宏大的命题。

不过，我从自己的小生活里似乎看出了一点问题。

最近，我和青蛙先生在讨论换房子的问题，因为娃慢慢长大，到了要分房睡的时候，如果爷爷奶奶一来住，房间就不够用了。

人多拥挤的事情，也是给我留下了深刻印象的，比如我坐月子的时候，我妈过来看我，因为房间有限，只能在阳台上给她支起来一个简易小床凑合着住。那时候大夏天，蚊子很多，阳台也没空调，我就觉得很对不起我妈。所以，现在换房子的事情，我是非常坚决的。并且，不但是希望老人来了有地方住，还希望多一间房子可以打造个书房，这可是我和青蛙先生都向往的事情。

但是，换房子的事情，哪是随便说说就可以的，那可是需要钱的事情。而我们没钱，不但没钱，还欠债。理想是丰满的，现实是骨感的，怎么办？只好考虑先把目前的小房子卖掉，弄点首付重新买一套，房子就挂到中介那里去卖了。无奈二手房市场并不景气，简直无人问津。我一边兴致勃勃，一边又着急焦虑，什么时候才能实现梦想啊！看我这样子，青蛙先生就问我了："换了房子，还清债务，以后你还有什么打算？"

我想了想说，有钱的话，再买一套房子，给娃留着。

看我这么俗套，青蛙先生说："你就没有高尚点的愿望吗？天天活得这么俗气！"

我说："有啊，周游世界，但是可能吗？"

所以，我就来个最实在的。我现在不喜欢虚的，不喜欢空想，我就是这么世俗。

青蛙先生说："我发现我和你三观真的不合啊！"

然后他就开始吐槽了："比如最近很多人都在问我们生二胎不？你的回答永远是，没有钱，两个娃养不起。我就不是这样想的。我觉得生个孩子我们要给他最好的爱和陪伴，而你现在做妈妈都不及格，我才不想要二胎。还有以前在北京，我们和人合租，有很多不方便，你就说你最大的愿望是有套自己的房子，哪怕很小，也会觉得很幸福，结果呢？并没有！你说在北京你生活不习惯，回武汉了各种好吃的好玩的还有很多好朋友，幸福感一定爆棚，结果呢？并没有！房子有了，车子有了，孩子有了，有好吃好玩的，有亲朋好友，但你幸福了吗？你现在依然焦虑，生活并没有按照你原来的设想越过越好，依然有很多不如意的地方。你总是对现状不满意，对没发生的未来很焦虑，以前是这样，现在还是这样，可能以后你还是这样，你换了房子会幸福吗？我表示怀疑。我觉得我们现在拥有的一切，都很好，比以前好多了，并且以前也很好，合租的日子也很美好，小房子也很美好。我不知道你哪里出问题了，或者是我哪里出问题了，咱们真的是严重的三观不合啊！"

我觉得青蛙先生说得对极了，他还是很了解我的。

我不知道每个家庭的男人，是不是对婚姻和生活的满意度都会比女人高一些？

就我看到的身边的人来言，好像确实是这样。男人都觉得幸福，女人都觉得不幸。

女人们喜欢担忧未来，喜欢怀念过去，喜欢操很多心，还喜欢攀比，对当下充满了不满。

这好像是常态。

比如我，每天总在各种操心中，现实没有像我期盼的好，就希望更好一点。然而，哪怕十分努力，也不能做到十分满意，有时候就感觉无能为力，难免对现状表现出不满和郁闷。

可是，变好是一个慢慢来的过程，哪能一蹴而就？

这就是理想和现实的差距吧。

以前没有房子的时候，我最大的愿望就是有套自己的小房子，不用再频繁搬家，我可以安然地过自己的日子。后来，我回到武汉，住进自己的小家。新鲜劲儿也就持续了一段时间，又有了新的烦恼，比如要养孩子，家庭的开销陡然增大。需要操心孩子的奶粉、尿不湿，需要操心孩子谁来带，需要操心开始寻找新的工作。还有家里突然远道而来的老人，要和他们磨合。

这样的生活，让我并不能获得多少幸福感。所以，我的幸福感一直不是那么强。

面对一个又一个问题，我都没有很淡定。

虽然我外表上看起来快乐淡定，内心的焦虑和不安，大概也只有自己和家人明白。

人总是把好的一面留给外人，最不堪的一面偏偏要留给家人。

而青蛙先生，他基本包容了我，没有在我的不淡定面前失去平衡。他内心成长得比我快，他总是把自己放在一个很舒适的心理角度，不惊不惧，不烦不忧，平静地迎接每一个现实，感受每一点滴的好。

而我总是在想着加速跑，但是又跑不快，所以焦虑自然就很多。

这大概是我们三观不合的主因。

说是三观不合，其实也不过是生活态度的差异罢了。

其实，我倒是羡慕他的，因为这个时代，让很多人很焦虑、烦躁不安，我就被洪流裹挟而下。

其实仔细分析，也能够明白。

现在很多家庭，不管是各项开支还是关于孩子和家务的一些琐事，大多是女人在操心。

而男人通常只管挣钱，不管花钱，所以他们对于自己工资上涨是很满意的。

但是女人却不。

工资在涨，生活开支也在增长，还要操心孩子的成长和学习问题，总觉得用钱的地方那么多。操心多了，女人就变得更实际，幸福感也就会受到影响了。

在结婚之前，女人们也都是公主般的。爹妈宠着，男友爱着，想买什么就买什么。结婚后，很多女人在有限的经济条件下，只顾着给孩子买买买，自己就被冷落了。虽然很多人叫嚣着"爱自己啊，一定要对自己好，老公才会对你好"，说实话，做到的女人并不是那么多。

女人直接掌管生活，更容易体会生活的艰辛，体会到钱的重要性。没有钱，女人总会焦虑，因为开门就是柴米油盐酱醋茶，哪一样不需要钱呢？

反正我没有办法做到全然的不管不顾，我认识的女性朋友，大多数也没有办法做到。

对于物质的欲望，女人比男人也更强烈，所以她们一直都有一种迫切的愿望，希望自己手头的钱能够多点、再多点。

这是很实在的愿望。

不说别的，最起码可以在自己买东西时不必犹犹豫豫，不必因为价格比较来比较去。在买菜的时候，不必算计来算计去。

原谅我，我就是这么一个实际的女人。

生活总会改变一些人，哪怕我有颗文艺的心，却也逃不掉物质的压力，这就是现实吧。

男人最怕的就是这种女人

有一天，我特别忙，而先前找我咨询的那个姑娘又在找我，我直接就告诉她：今天太忙了，怕是没法跟你交流。

我知道，即便我有时间跟她交流，对她也没什么用。之前，我已经提醒过她了，就算她不工作，回老家带孩子，一样少不了矛盾。

果然，她回了老家，不过几天又开始找我抱怨，公婆喜欢当着孩子的面说她坏话，以为她不懂他们那里的方言；村子里的留守妇女，天天都在讲人是非，她和她们聊不到一起；自己坐月子的时候，婆婆不愿意帮她，挑拨她和她老公之间的矛盾，闹得鸡犬不宁；小孩在婆婆的教唆下跟自己不亲……

我听了，已经无力吐槽，只是对她说，如果你自己不成长，谁也拯救不了你。

我实在太忙，而她的负面情绪太多，我也实在安抚不了，索性我就不看她发来的信息了。

其实，我早就告诉过她，她的问题出在她自己身上，所以她在老公身边看她老公不顺眼，觉得她老公不爱她，对她不好。回到公婆身边，和公婆之间也有矛盾，自己的孩子也不是自己带大的，跟孩子之间也有问题。加上她没有工作，完全找不到自我价值感。

一个没有自我价值感的女人，就没有自我认同。

自己都认同不了自己，把自己的心绪搅得一团糟，所以看什么都是不顺眼的。

她是婚姻的差评师，是孩子的差评师，是生活的差评师，更是自己的差评师。

因为没有足够支撑自己信念的东西，她找不到自我存在感。

所以全世界谁都是错误的，她听不进去任何人的劝慰。

这样的状态，有时候连你自己都厌恶自己，怎么可能让周围的人喜欢你，让你的老公更爱你？

如果你整天在一个男人面前抱怨，抱怨命运对你不公，怎么让你嫁给一个这样的男人；抱怨工作中同事和领导的种种不是；抱怨周围的人；刚开始，这个男人可能还会安慰你。时间久了，他只会敷衍你。到最后，可能连敷衍你他都不屑，只想逃离你。

谁想和一个负面情绪爆棚的爱人共度一生呢？那不是生活，而是劫难。

好的爱人，是共同成长，彼此鼓励，互相安慰；不是整天在另一半的面前抱怨。抱怨久了，自己的怨气越来越重，而另一半对你只会越来越厌倦。

正能量的爱人，不管是男人还是女人，都是能够促进另外一半的成长的。而差评师型的爱人，只会让另外一半怕你。

要么，他发展得更好，你还在原地踏步，他远离你；要么，你们一起沉沦，变得更差。

这样的结果，大概都不是你们想要的。

那么，就要积极地寻求改变。

如果一个人一味地沉浸在自己的世界里，尤其是女人，沉浸在自己的抱怨和负面情绪中，看不到世界的美好，那么对于一个家庭来说，简直就是灾难！

我在老家有个阿姨，她原本拥有美满的家庭，夫妻两个都踏实肯干，开了一家小超市，生意不错，日子过得红红火火的。

只是这一切，在一场谣言之后，就变了。

那时候阿姨的老公进了一家加工厂当管理者，而她在家里看守小超市。

谣言说的是她老公和他们厂里那个女会计走得很近，大概就是某天看着她老公顺道骑着摩托车载着那个女会计回家，顺便多说了几句话。其实，是小镇上的人都狭隘。

后来就演变成这两个人有私情。当然，这些谣言，也不乏一些别有用心的人的散播。

阿姨得知后，顿时崩溃了。她关上超市去厂里找她老公和那个女人闹。

本来没有什么的事情，被她这一闹，就像是坐实了。她老公觉得她是无理取闹，不想理他，她天天追着他吵架。

最后，她像是祥林嫂一样，见到一个人，就说她老公的坏话。弄得周围的邻居，见到她都不愿意搭理她。

而她的小超市，因为她这么闹，也开不下去了。老公在她的闹腾下，干脆从加工厂辞了职，每天在家喝闷酒。两个人每天都要吵架打架，鸡犬不宁。

一家人都过得不如意，女人还在抱怨。

直到她老公确诊脑袋里面长了一颗瘤，她好像才醒悟过来，知道自己被魔附身了，继而带着她老公到处找医院治疗。

对于她老公的生病，周围的邻居们都说是她闹的。

如果不是她整天无中生有，胡闹一通，好好过自己的日子，厄运就不会缠着他们了。

但是她偏偏不自知，每天找自己的老公闹，家不再是家，安宁和幸福不再，坏运气也来了。

好在，自从她老公生病之后，她好像是醒悟过来了。不再抱怨，积极地带着她老公去看病。

后来她老公的手术很成功，她好像是吃一堑长一智吧，不再抱怨了，回去好好照顾她老公的身体。

因为她的不抱怨，她老公病好之后，又出去创业去了，这两年还取得了很大的成功。

以前看到过一句话：一个家庭的真正支柱不是男人，男人只是家庭的经济支柱，女人才是家庭的灵魂支柱；男人是家庭的物质支柱，女人是家庭的感情支柱。当男人用经济保障护卫全家物质生活的需要时，女人应当用圣洁的感情和温柔的爱成为全家灵性上、品德上和精神上的最大的支柱。

说的就是女人在一个家庭中的重要性。这就需要女性及时地反思自己，不断地自我成长。

一个女人的自我成长，对于她自己来说，能够让她获得自我认同感和成就感；对于家庭来说，能够为她的伴侣和孩子带来正能量。

人生是自己的，我们都要学着掌控自己的命运。发现自己的状态不对，要学着积极地改变，而不是什么也不做，只是一味地抱怨。

抱怨什么也改变不了，反而还影响你周围的人。

所以，每个女人都要积极主动地自我成长，把自己变得更好，这样才能给周围的人带来正能量，才能收获更多的幸福。

Part5

一个人的诗和远方

等待也可以很美妙

下午的时候，飘起了小雨。一直到5点，雨都没有停歇的趋势。

随着下班的人越来越多，单位楼下的小辅路也开始堵车了。看着长龙一样的车队，还有在细雨中匆忙行走的人，我忽然不想加入这拥堵的大军了。

回家的路，大半都在修有轨电车的通道。平日不下雨，半小时的车程也能走出一个半小时来，更别说这有雨的傍晚了。

我该去干点什么？

是去咖啡吧看书，还是坐在单位无所事事地等待，抑或去看一场一个人的电影？

这样的时刻，坐在公交车上，肯定是寸步难行，再好的心情也会变得糟糕。

下班前10分钟，网上买了票，决定去看一场说看就看的电影。好在单位不远处就是电影院。

这个飘雨的堵车的夜晚，我是在电影院度过的。看了我期待很久的《美国队长3》，虽然对剧情有点失望，心情却是美丽的。

电影结束，出去坐车，已经不堵车了，空荡荡的公交车上，还有空位置，真是很美妙的一个晚上。

生活在城市，出行的时候，难免会拥堵。有时候，半个小时，车才移动了两步，简直可以忽略不计。

每个人都有自己忙的理由，谁也不愿意多等。等待让人焦虑和烦躁，继而看什么都不顺眼。在这种情况下，不管多美丽的心情，都会被蒙上一股子焦躁的灰尘。

有时候，为了抢那么半步，开车的人拼命地挤，反而更容易出事故。

我见过很多司机，在这等待的漫长时刻，焦躁不安，骂人；也见过云淡风轻，自娱自乐的。

有一次我坐朋友的车，堵了半个小时，他都安静地坐在那里听音乐。车窗外是此起彼伏的喇叭声，他车内的小世界却是一片祥和宁静。

一首曲子听完，我准备叫他聊聊天，却发现他出神地看着其他地方，目光不知何时转向了窗外。

顺着他的目光，我看到了路边碧绿的草地，还有青青的杨柳，一场新雨，把树叶冲洗得干净透亮，绿得快要滴出水来了。

如果不是堵在那里，我从来也不会留意这个地方的风景。

这段时间，早晨的公交车，拥挤且拥堵。只要在人群中能够站稳，我都是戴着耳机听广播。燥热烦闷，在主持人柔和温润的嗓音里，在优美的旋律里，似乎早就消失殆尽了，所以我能够心平气和的，不抱怨。

有位置坐的时候，我也会听着音乐翻两页电子书，有时候也会听听电子书。一路走走停停，又有什么关系？我听了好听的音乐、看了好听的书。

既然改变不了拥堵，需要等待，那么我的时间，我也可以让它快乐点，让自己快乐点，这就很美好啊！

等待，是我们每个人生命中的常态。

气喘吁吁地跑过去，公交车却没有听到你的呼唤，已经开走了，下一班车还不知道啥时候来；

地铁站里，因为临时故障，上上下下、角角落落都站满了人，你几乎连落脚的地方都没有，却还是要等，等不知道啥时候会排除的故障；

和朋友约了聚会，她临时有事或者被堵，晚来了很大一会儿；

家里的洗衣机吭哧吭哧在洗衣服，你在旁边等待洗好；

30岁了，你还单着，七大姑八大姨操碎了心，你却不想将就，只一心等那个合适的人；

去买化妆品，你想要的那一款正好断货了，新的货源在路上……

这一切的一切，都需要等待。

有人焦灼，有人心烦，有人不安，还有人心平气和。

这些等待的情况，每个人都会遇到其中的几样。

当你真正等待的时候，怎样让这些等待变得美妙呢？

答案是，等待的过程中做自己喜欢的事情。

你可以阅读，可以听音乐，可以喝茶，可以去睡觉，还可以去吃东西……

你看，原来等待的过程中，你可以做的事情那么多。那你为什么还让这段时间空着，在那儿傻等着呢？

所以，能否把等待变成美妙的事情，完全在于自己的选择。

你选择了继续无聊地等待，那你收获的就是焦躁和无聊，甚至会恶性循环；

你选择了看书阅读，把灵魂沉浸在书中，那你将收获更美好的自己；

你选择了学习，那你的人生会因为这忙碌而充实，再也没有时间去抱怨……

相信聪明的人，会按照自己喜欢的方式，让等待成为一件美妙的事情。

把一个人的温暖转移到另一个人的胸膛

去理发店修头发，经常帮我打理头发的那个女发型师，满面笑容的，和以前木讷的她，判若两人。

我开玩笑地问她有什么好事情，是不是恋爱了。

在我看来，只有爱情，才会让人的表情变得幸福柔和。

姑娘好奇地问我："你怎么知道？"

我说："看脸啊，这是个看脸的时代，脸上的表情太丰富，可以代表的东西也太多了。"

姑娘对我的话持怀疑态度，甚至情不自禁地对着面前的镜子，嘟嘟嘴巴。她仿佛还是有点奇怪，我怎么会看出来？

她现在比以前活跃多了。第一次见到她的时候，别的发型师都在积极地和客户聊天。只有她，给我剪头发的过程中，除了让我抬头，基本上没有和我聊过一句话。

我有点不适应，生怕她把我的头发剪坏了。结果发型出来，我非常满意，情不自禁地夸她，技术真好。她也没有什么表情。

后面每次去，我都会点名让她帮我做发型。她还是对我比较冷淡，大多数的时候，脸上的表情还是很严肃。

只有这一次不一样，她的面部表情很柔和，时不时地能见到她笑一笑，像是春风吹绿了大地，温暖，生动。

很多时候，我们都觉得一个人挺好，简单自由。

但是，有时候，身边有个人陪你，尤其是这个人还是你喜欢的，整个生命都会因这个人熠熠生辉！

连明星也不例外。以前我一直觉得霍建华是个沉默的人，一直很孤单。有媒体说他自从公布和林心如的恋情，他年轻了10岁，那张他打篮球的照片，活力十足，魅力四射啊。

和以前的他，真的完全不同了，大概是身边有了爱人。被爱的感觉，幸福的感觉，想要隐瞒太难了，还是会从内心飘荡出来吧。

普通人也是如此。我的一个朋友，身世很坎坷。她出生不久，被亲生父母遗弃，被年迈的养父收养，高中毕业那年，养父去世。她在这个世界上再也没有了亲人。或许是因为自己从小的遭遇，她对爱情和婚姻都很悲观，都30多岁了，一直没有谈恋爱。虽然我们这帮朋友经常说要帮她介绍男朋友，但是她一直不愿意，我们只好作罢。

就是这个姑娘，最近上传到朋友圈的自拍照，开始变得不同。以前，她的自拍总是带着一股子萧条的味道。那是一种深入骨子里的孤独，外人看得到，但是体会不深的那种。有时候，她明明是笑着的，却让人觉得那么苍凉。

就在上个月，这个姑娘的自拍，变得美丽了很多。整个人就像是春天新绿的树叶，碧绿鲜活纯粹。

女人的直觉总是最准确的。问她是不是有人爱了，她说是的。

她说，你怎么知道？我说，隔着十万八千里，我闻到了春风的味道啊！

春风融化了她心里的坚冰，所以她才变得柔和美丽。

有时候，我们自己不会发觉自己太多的变化。朋友们却能在第一时间，感觉到你的不同。

可能是因为每天面对着自己，时间久了，也会生出些许疲劳来吧。

有人喜欢一个人孤单着的状态，但是更多的人喜欢有人陪。

我见过，那些孤单的朋友。精神状态是越来越颓废的。可能是习惯了一个人，觉得怎么样都无所谓吧。所以渐渐地不愿意打扮自己，不愿意和朋友有更多的接触，越来越沉默，甚至变得孤僻不讨喜。

当然，也有人利用这段孤单的时光，修炼自己，以期遇见更好的他。

有人陪的时候，你想着那么一个人，连天空的颜色都变得更蓝了。同样的风景，你硬是从里面看到了温暖和爱，这就是有人陪的力量，也是爱情的力量。

爱情是什么呢？

陈奕迅在《爱情转移》里面唱道：把一个人的温暖转移到另一个人的胸膛。

我想这就是对爱情最美丽的诠释。

　　有一个人陪你，爱你，这世界上你不再是一个孤零零的存在。同时也意味着，再多的困难，再大的痛苦，都会有人帮你分担。他的快乐，会变成你的快乐；你的幸福，也会变成他的幸福。多么美妙啊！

　　你们会吵架，但是也会彼此陪伴。那样的生活，才是真实的、鲜活的！

　　所以，我想最好的爱情就是把一个人的温暖转移到另一个人的胸膛，这样两个人都温暖，都幸福。

你一笑，全世界因你而明亮

清晨，我乘坐的大巴车正在飞快地路过湖边，我如同每个清晨一样，不忘记贴着玻璃窗，看湖。

车厢里很安静，有一个年轻的姑娘正在讲电话，虽然她的声音不大，但是大家基本上都能听到。

姑娘对着电话那端的朋友抱怨自己的领导，说自己的领导如何不给力，天天让她制作表格，完全是浪费时间，基本上天天加班，弄得很多同事纷纷辞职，她也忍受不了云云。

或许是因为听到了她的抱怨，顿时让我觉得周围的气压都降低了很多，连带着空气也变得沉闷起来。

是的，坐地铁或者公交，我们常常会碰到这样的情况。

很多年纪轻轻的姑娘或者小伙子，长得很美，长得真帅，但不是板着脸皱着眉头，就是面带忧郁。

每当这个时候，我就想对这些人说，来，给姐笑一个。你一笑，全世界因你而明亮，多好。

记得以前看金韵蓉的《我心安处是幸福》，书里提到，要每天练习嘴角上扬，哪怕你不是真心想笑，但是你保持这个姿势，你的面部表情也是柔和的，你的快乐表情也会感染周围的人。

她说，有一年她在瑞士度假的时候，遇到一个老太太，她们一起坐着冰川快车，穿越山川、峡谷的时候，老太太时刻保持着浅浅的笑容，戴着耳机听着歌曲，时不时地看看窗外的风景。就连坐在老太太身边的她，也觉得心平气和，跟着安静和放松下来。

后来趁着吃午饭的间隙，她和老太太聊天，问她为什么能一直带着如此优雅迷人的微笑。老太太回答说，因为我被窗外的美丽所感动，觉得必须要用笑容来回应它们；而且，我耳机里面的音乐很好听，我控制不住自己的好心情。

谈及自己之所以那么快乐的原因，老太太说，只要遇到让她小小开心或者小小感动的人或事，她就一定要求自己做出积极的回应。她说，你如果练习着这么做了，日子久了，它们就会成为自然而然的习惯，而习惯一旦养成，简单快乐的情绪就会一直跟着你。

看完这些话，我觉得那位老太太是生活真正的智者。

人们不开心的时候，往往都喜欢把失望和伤心表现在脸上，要不就是面无表情，或者发脾气。

据我多年的工作经验，我发现有时候在办公室或者公共场合，个人的坏情绪会影响很多人。尤其是有时候人的坏情绪气场还非常强大，那样带来的负面情绪影响更大。

记得我以前刚开始工作的时候，斜对面坐着一个女同事，只要是她不爽或者不开心的时候，就会发脾气、拍桌子、扔东西，要不就是整天愁眉苦脸的，就像是谁欠了她几百万元似的。

那时候，我不喜欢和她打交道，因为每次和她一聊天，就感觉负能量爆棚。连带着我自己阳光明媚的心情一会儿也变得雾蒙蒙、阴沉沉的，那种感觉很不好，久而久之，我渐渐地远离了她。

我有一位好朋友，性情非常温和，爱看书，喜欢一切美好的事物，无论我何时看到她，她总是嘴角微微上扬的。

和她聊天的时候，不管你倾诉什么，她都会这样微笑着看着你。每次看着这样的她，我的负面情绪，就会慢慢地消失。

我常常对我这位朋友说，你就像一阵清风，每次和你在一起都有微风拂面的感觉，真的超级好。所以我和其他的朋友，都喜欢和她在一起，安静平和。

很多人常常说，我真的笑不出来啊，想着每天繁重的工作，还有沉重的生活压力，我怎么可能笑得出来？压力都快要把我压垮了。

不知道大家发现没有，有时候，好事和坏事都是相互传染的，那段时间，如果你遇到了一件好事情，心情就会非常好，接下来肯定是好事连连。

反之，如果是坏事情，肯定也是坏事连连。

学会控制情绪真的很重要，学会保持微笑真的也很重要。有的时候，就因为你每天微笑，坏事情和坏情绪都不会来骚扰你了。

很多事情，我们改变不了，但是我们可以改变看问题的方式，多带着善念，带着感恩，这样原本复杂的事情也会变得简单起来。

还要多微笑，尽管你不想笑，但是不妨学着嘴角微微上扬，也许你的笑容恰好打动了一个人，你谈了很久的业务，就在那天拿下来了，这是有可能的。

所以，保持微笑吧，尽量地学会微笑吧。爱笑的孩子，运气都不会太差的！

独享一段属于自己的静谧时光

下午我出门办事，有很长的一段路需要自己走过去。

下着小雨，我一个人撑着伞，走在林荫道上。路的两边是高大的梧桐树，我的头顶上是成片的绿色梧桐叶子。

周围很安静，梧桐叶子有些滴雨，我的伞上是起起伏伏的滴答声。

路上很空旷，除了极少的行人，东南西北，我不管望向哪里，都是绿色的。绿色的叶子，绿色的长藤，绿色的草地。在一方绿色中，我一个人，不慌不忙地走着。

突然间，心就那么静了下来，就像周围安静的绿色，我的心也是清凉的。

时而想事情，时而什么都不想，宁静且放松。很喜欢这样的时光，属于我一个人的时光，不热闹，我的世界只有我，这样很美好。

其实，最近这样属于我一个人的时光很多。

每天早晨上班，我会在固定的时间点守候一趟路过的大巴，这趟车半小时之内能够把我带到上班的地方。为了这趟车，我总是早早地提前一个小时出发。

不为别的，只因为搭这趟车我能有坐的地方。我就坐在那里，安静地听我喜欢的那个频道的广播。

早间的那个点儿，那个频道大多是在放音乐。很多的时候，我不知道自己听了什么，但是有音乐静静地陪伴着我，我的这方安静的世界，祥和安宁。

大多数时候，我是闭着眼睛的，只有路过那个大湖的时候，我才会睁开眼睛。

路的两边都是宽广的湖面，像很大很大的镜子，爱美的鸟儿们高高低低地飞翔着，间或照照镜子，捉捉鱼儿。

天气晴好的时候，我会看到太阳渐渐地跃上湖面，偶尔也会看到渔船。

湖中心有座绿色的小岛，掩映着错落有致的别墅。那座岛，是很多人的梦。

我想，不论富贵或者贫穷，日子过得舒心才是自己的。未必住在那里，就是快意人生。

过了这段湖，我基本不想往外看了。因为路边都是像我一样行色匆匆的上班族，为了理想，为了生活，我们彼此理解。

同样的，下班回来，这一路还是听着同样的广播频道。

公交车上，有时候有座位，有时候没有。我或坐或站，那个点儿，主持广播的是一位女主持人，她的声音在这个城市的很多私家车内或者行人的耳边飘荡。

这一路，碰不到什么熟人。我还是一个人，尽管我的周围有很多陌生人，他们一样不会妨碍我偷偷躲进自己那方小世界的快乐。

很多时候，周围行人万千，我还是在自己的世界里，很静谧，我悄悄地快乐着、愉悦着。又是我一个人，真好，我的思绪不会被人打断了，想什么都可以。

同样，还是到了湖边那段路，我会看看西边那半湖，天晴的时候，会看到五色的彩霞，也会看到暮色沉沉。

有好几次，我看到一个老头儿，他把自己的小船停在湖中央，一个人坐在船上垂钓，与水相依，与蓝天白云为伴。这样的时光真的很美好。他如画中人，这幅画因他才灵动起来，那么相得益彰！

年纪越大，越喜欢寂寞，爱寂寞。就算在喧闹的都市，有时候一个人走着走着，也是寂寞的。

但我不觉得孤单，反而很享受这样的寂寞。与自己为伴，一个人走遍天涯海角，心宁静，我的世界很美好。

不知道，这种热爱寂寞的习惯，是不是时光赠予我的最美好的成长礼物，但我真的喜欢这样的礼物。

当然，也有很多人可能是习惯热闹的吧，如同年轻时候的我，不热闹的时候，就觉得整个世界都抛弃了我。

可是，现在，经历过岁月，千帆过尽，反而很享受一个人的静谧时光。

前几天，有个小姑娘给我留言，说她的室友都不喜欢她，她好像做什么都不对，她们孤立她。

我不知道怎么安慰她，如果她像我一样大，就会觉得无所谓了。

但是换我在她那个年纪，肯定也和她一样是做不到的，尤其是在群居生活中。因为年轻的心渴望与人为伴，渴望群聚，一起疯一起闹，这才是青春的味道。

可是现在，我却更喜欢独处，独处让我快乐，让我静心思考。

有个朋友，也和我有一样的爱好。

为了成全自己的静谧，单身的她，每个周六都不开机，因为她想留点安静的时光给自己。

以前我也问过她，一个人逛街一个人看电影一个人喝咖啡，会不会太寂寞了一点？

朋友说，根本不会。因为一个人的时候，才会放松下来。想流泪就流泪，想大笑就大笑，所有的情绪都是出于自己的本能，无须伪装。

无须伪装，只做自己，多好啊！

现在我越来越喜欢一个人的安静时光。大概也是因为这样的时候，无人认识我，无须应酬，无须强撑，想哭就哭，想笑就笑，多好啊！

人到了一定的年纪，会发现做自己才是最难能可贵的。这就需要我们留下一段属于自己的静谧时光，只做自己。这样才能更好地前进。

揽五分红霞，采竹回家

　　早晨看日历的时候，发现已经是6月末了，如果还在上学的话，意味着暑假就要来临了。

　　只是作为一个工作很多年的人，是没有假期可言的。计划中的很多行程，终究只是计划，每天被各种烦琐的事情缠身，逃不开的生活，大概也只能这样了。

　　很怀念小时候的暑假，有漫长的假期，可以和家人在一起，每天早晨，薄雾笼罩村庄，在鸟儿的叫声中醒来。呼吸新鲜的空气，一天就这么开始了，无比畅快。

　　白天意味着什么呢？

　　夏天的时候，天气很热，早晨我起来做饭，父母趁着天凉出去干活，弟弟牵着老水牛，在田埂上吃草。院子里的鸡鸭鹅，叽叽喳喳地叫。

　　很欢乐的一个早晨。

　　饭好了，我站在高高的田埂上，叫父母和弟弟回来吃饭。声音不大，却很有穿透力，得到他们的答复，我蹦蹦跳跳地回家。

有时候，我不想回家，想在田野里多待一会儿。这个季节，田野里弥漫着秧苗的香味，很清很淡的香，我好喜欢，忍不住，深深地吸一口，再吸一口，浑身舒畅。

转过身，回家，村子掩隐在绿树中，会看到很多的叔叔阿姨扛着锄头，有的刚出门，有的回来吃饭。空气里弥漫着饭菜的香味，路过邻居家门口，他们摆着小桌子在院子里吃早餐。一家人在一起，说说笑笑，不在乎吃了什么，而是在一起，多好啊。

我真的好喜欢这样的早晨，带着浓浓的烟火气息，又像是一幅永恒的画，在我心里。

多年之后，我再也没有经历过这样的早晨，只能在心里把记忆中的画卷悄悄展开，悄悄回味。那里面有童年的我，年轻的父母，还有可爱的弟弟。

傍晚的时候，也是一天中快乐的高峰。

我早早地做好了饭，去屋后的古井里打一壶清凉的井水，放在院子里的小桌子上。桌子上摆着简单的饭菜，青椒、茄子、黄瓜、西红柿，都是自家菜园的，鲜香甜美。还有一个大西瓜，放在一边的水桶里冰着，西瓜当然也是自己家种的。

太阳悄悄地沉了下去，西边的天幕上铺满了彩霞，像是鱼儿美丽的鳞片。父母顶着暮色回来，我家就可以开饭了。父亲总是会先喝一口凉凉的甘甜的井水。

后来因为家里装了高压抽水设备，这口古井被封了。现在回去，我只记得古井大概的位置。

可是我怀念它，每天早晨和傍晚，很多叔伯都会在古井里挑一担井水，咯吱咯吱挑回家，我想念那悠悠的歌曲。只是如今，很少的乡村还能看到这样的古井了，人们都吃上了自来水，谁还能记得古井呢？

有时候，我在古井里提水上来，水桶里还会跳出来一只可爱的小青蛙。我看着满心欢喜，然后把它放生。真是原生态的生活，我们也没因为有青蛙就不喝水了，青蛙可以和我们喝同一口井里的水。

我喜欢太阳快要下山时候的田野，金黄色的夕阳把村庄也镀上了一层金。不知何时，微风中，我闻到了阵阵荷香，那样淡，那样甜。闻着这样的味道，身体的每个细胞，都觉得舒服极了。

这样的傍晚，弟弟们放完牛回来，去小河里游泳。最小的堂弟，不太会游泳，小婶婶不放心，一路跟着这群男孩子，他们嘻嘻哈哈，说，小婶婶，羞羞羞。那笑声，绵长又悠远。

这样的季节，除了美景，我家还有西瓜和葡萄。

父亲每年都会种西瓜，他是个鉴别西瓜的高手，用手一敲就知道西瓜的成熟程度。可惜我们姐弟几个都没有学会。

因为家家户户都种了西瓜，路过瓜田，不是这个叔叔叫，就是那个阿姨叫，拿个西瓜回去吃吧；再热情一些的，干脆把西瓜敲碎，让我抱着吃。

现在这样的场景，再也见不到了，虽然家里一如既往地种西瓜，可是我在这个季节却很少有机会回去。

一晃，我们都大了，村子也空落落的，但小河还是那条小河。记得过年我回去的时候，周围的村庄倒映在河水中，一片萧条。过去欢乐的那帮孩子，早就长大了，有些搬出了村庄，有些外出打工，很少回来。我能感受到小河的落寞。

我很怀念过去的村庄，怀念那时候的小伙伴，怀念那时候的每一个早晨和黄昏。

只是多年以后，我们再也回不去了。

就是回去了，乡村里也早就变了样子。很多人都搬出去了，只有农忙的时候回去。年轻一辈，都安居都市，很多人离开了，再也没有回去过。

前两天，听刘珂矣唱的《半壶纱》，里面有句歌词叫：揽五分红霞，采竹回家。

那一刻，我忍不住，回忆属于我的童年，属于我的村庄。

"揽五分红霞，采竹回家"是那时候的我，最平常的生活，多年之后，却变成了不可或缺的回忆，那么美，却又带着点哀伤。

是的，再也回不去了。

要挣多少钱，才能过上你想要的生活

1

9月的最后一天，我和大学时候的好友聊天。

以前我们的开场白通常都是，最近你过得还好吗？

现在变成了，你家娃儿怎样？上小学没有？还有你家老二怎么样，几个月了？会爬没有？

这大概就是成长的最好见证。

不知不觉，我们都老了，虽说面容依旧年轻，可是岁月终究还是在我们的思想上刻下了痕迹。

好友说，她很想念武汉，梦里一次次回来，回到熟悉的大学校园。

我说，只要我一回头，透过透明的玻璃窗，就能看到母校的山和大门，还有大门口那片浓绿的树。

这大概是搬了新办公室后给我最大的福利，我欢喜地收下。

只是目前马路对面的高楼正在打地基，也许突然有一天，就会阻挡我的视线，我再也看不到熟悉的风景。

这是毕业的第十个年头，我们都已经结婚成家，在各自安顿的城市打拼，家里有一个或者两个娃，这就是我们目前最真实的状态。

2

聊着聊着，朋友突然问我，武汉的房价涨了没有？

我说涨了，疯涨，一夜之间，有人因为买了某片的房子暴富。

这不是神话，是真实的存在。

只是我一向后知后觉，对这些不大关注。

直到某天，我看到小区的妈妈群中，很多人卖掉房子，搬到更便利的地方，为了孩子上学。她们讨论房价的时候，我才知道，原来我们小区的房价也翻番了。

真的是涨得出乎意料。

本来欲换套房子，增加一个大书房的我们，只好暂时放下这个梦，未来也不知道这个梦有没有可能实现。

房价飞涨的时代，人们的心也是浮躁的。

前几天，有个做教育培训的老师，在朋友圈问："我想知道，我们公众号做的东西很有意思，为什么就没有人转发呢？"

我一直有看他们的公众号，他们的公众号上面多是有关教育理念和心理的，高端前沿，的确是非常好的东西。

而这种东西对于普通人，尤其是浮躁的我们来说，有点过于高大上。

我回她，可能这些东西，对于普通人来说太深奥，他们没有那么多的时间静下心来阅读。普通的父母，大多还是喜欢那种直白的亲子育儿文章，读起来通俗易懂，打动人，并且一学就能上手用。他们的东西，虽然做得真的很好，但是需要读者到达一定的层次和境界，所以目前关注量一直提不上去。

这也从一个侧面说明，我们很浮躁，浮躁到无法静下心来读完一本书，好好地听完一首歌，轻松地看一场美丽的日出。

我们一直在拼命地跑，却跑不过一直在涨的房价。

以前在北京的时候，我觉得四百万元的房子好贵，我这一生也买不起。而现在，武汉随便一套好点的房子，也要两三百万元。真是让人无力吐槽！

作为普通人的我们，到底有多大的能力？

可是为了一个小家，很多家庭倾两家父母之力来供养一套大城市的房子，都很辛苦。

这就导致很多人到老了也不能过上轻松的生活，还得为了儿女打工、奋斗。一辈子这么短，就这么过去了。

我不知道他们会不会有遗憾？

3

前几天，朋友圈有一篇疯转的文章，写一个人卖掉北京的房子，移居大理。

在她的房子办过户这段时间，房子又涨了两百万元，得知之后，尽管她遗憾过，但是想想还是释然了，毕竟目前的生活是自己选择的。

更多的人关注的是，这个人移居大理之后，孩子的教育怎么办？看病怎么办？

我看作者的后续回答是，大理也有很好的学校，大理人生病怎么办，她就怎么办。

问这些问题的人，肯定都是焦虑的父母。

好友说，一直也在考虑换房子，为的是孩子的教育。周围类似这样说也这样做的人太多太多了。

为了孩子，倾几家之力，想给他们最好的。

有条件的还好，没有条件的怎么办呢？

我相信大多数人还是和我一样，需要自己辛苦地奋斗，才有房住、有衣穿。

面对这样高昂的房价，我们拿什么来对抗？

这是个问题。

4

很多人都说想过上自己想要的生活，你明白自己想要的生活是什么样的吗？

就像卖掉北京的房子去大理的那家人，他们想要清新的空气、舒适的生活环境，是真心厌倦了北京的生活。

但是去了大理，并不意味着他们放纵自己，他们还是会想办法让自己活得有价值，不会一直玩，也不会整天没事干。

休息和娱乐都是调味剂，人还是得有点事情做，才充实。

我们都期望过上理想的生活，可是现实却是一地鸡毛。

我的微信公众号虽然是座小庙，但是后台依然不乏留言者。

有些人羡慕我每天都能更文，问我怎么做到的。

有些人对自己感到迷茫，不知道自己想要什么。

有些人对自己目前的生活并不满意，他们又无力改变自己。

这就是我们的现状。

是你的，也是我的。

就算明白你想过什么样的生活，比如寻一个有山有水的小镇，觅一处小院每天晒太阳。或者，在一个小乡村，自己种菜养鸡，过自己动手丰衣足食的生活。可是生活之外呢？

需要钱，需要金钱。

就算在小镇小村，开销很小，可是一些基本的生活必需品还是需要买吧，偶尔会生个小病吧？

钱呢？

到底要挣多少钱，才能放心地去让自己过上这样的生活？

有些人，钱不少，却不敢，因为心里没有安全感。

有些人，没有什么钱，却敢于去过这样的生活，宁静自足。

说白了，还是看自己的选择，看你怎么想。

物质基础是需要的，有些人明白以目前自己的能力，能够过上自己想要的生活，就去过了。于是边过着，边努力赚钱，为后续打算。

有些人，却一直在打拼，总想着有一天我存够钱了再去吧。结果一辈子也没有过上他想要的生活。

最好的状态是：享受当下的每一天，尽可能地让自己慢点再慢点，再忙也不忘欣赏一下路边的风景，再苦也不忘去喝杯清茶，再累也不忘好好地爱惜自己。

远方很远，现在的每一天才是你能够触摸得到的，不能为了未来的那个目标，一直跑，却忘记了眼前，最后什么也没有得到。

享受当下，过好当下，心态平和，不骄不躁，有什么样的能力，就过什么样的生活，这才是我们需要修炼的功课。

好好过自己的日子，不记挂别人的日子

1

好像自从过了 30 岁，就再也不复 20 多岁的单纯和快乐了。

朋友相见或者隔着网络聊天，我们谈到的都是老公、房子、孩子、车子。

你家老公体贴，她家老公挣钱多，就数我家老公不怎么给力，带孩子没有耐心，工作也一般般；

你家小房子换成了大房子，大房子换成了别墅，她家买了二套房，买了三套房，而我家还只有一套小房子，在房价节节上涨的时代，感觉和人家的差距不是一星半点；

你家孩子在上早教，上各种培训班，她家已经生了二胎，而我家孩子上不起早教，更生不起二胎；

你家车子十来万元，她家已经换成了宝马、奥迪，而我家只有个小电动车……

没有比较，就没有差距。

没有比较，就没有不安。

没有比较，就没有不快乐。

女人的不安和不快乐，都来源于这些现实比较的差距。

所以比较完，很多人都抑郁了，怎么同样的 30 岁，别人的老公事业有成，而我的老公还是那样？别人已经开始拿年薪了，而我还是个拿月薪的小职员？

2

其实每个人的人生际遇各不相同，没办法都一样。我们往往喜欢看着别人的幸福，而弄丢了自己的幸福。

总觉得幸福遥不可及，总觉得别人都是幸福的，而自己与幸福相差了十万八千里。

等有一天，你失去眼前的这一切，才知道曾经的都是幸福，而你却没有留意，更没有珍惜，因为你的目光一直盯着别人在看，没有看到自己。

前几天，朋友端木婉清写过一篇文章《不要在朋友圈丈量自己的幸福》。讲的是她的一位朋友，因为经常在朋友圈比较，最后离婚的事情。

这位朋友原本也有幸福的家庭，老公经营着一家公司，事业有成。

但是她在带孩子的时候，经常刷朋友圈，看到别人过得五彩斑斓的生活，她就开始讨厌自己波澜不惊的生活。

因为情绪得不到释放，她每天找自己的老公抱怨，刚开始她老公还能好言好语地安慰她，后来她老公受不了，出轨了。

他们原本幸福的家庭也分崩离析。

离婚后两年多，她反思自己以前的生活，才看清楚，自己到底错在哪里。

以前她认为都是她老公的错，而现在她明白，她那失败的婚姻，她也是个推手。

3

很多女人都会犯她这样的错误，看到周围的人比自己过得好，就会焦虑，就会嫌弃自己的老公没本事，是他没让自己过上好日子。

其实呢，她没有看到，她在别人眼里是多么幸福。

就像是卞之琳的那句话：你站在桥上看风景，看风景的人在楼上看你。

你觉得他是幸福的，他还觉得你是幸福的。

至于生活的滋味，每个人的感觉是不一样的。

而那些能够晒出来的幸福和快乐，未必是真的幸福和快乐。

很多人，越是不快乐，越是要晒那些幸福和快乐的场景，以此来激励自己快乐或者幸福。

看的人却当真了，觉得她真的过的是那样的生活，然后就开始怀疑自己的生活。

真正的智者，从来只会守着自己的幸福，过自己的日子，不会在乎别人如何，他们在乎的是自己如何。

只要自己的今天比昨天好，每天都在进步，这就是最大的幸福。

但是很多人看不到这些，他们急于求成，只看到远方的风景，却忽略了路途中的小花，结果最后自己什么也没有得到。

小花没有看到，远方的风景那么远，又未必能够到达，还不如多欣赏那些路边的小花小草呢。

4

之前我认识一位大姐，不管何时她总是很淡定。她的那种淡定，不管何时都是我想拥有的，偏偏我太急躁，总是学不来。

也或者是说，我对生活的积淀和认识，没有她的深刻。

记得有一次我和她一起去坝上草原，别人都在风风火火、呼啦呼啦地往前冲，只有她慢悠悠地走着，边走边看风景，看到一棵小草、一朵小花，都会拍下来。

后来，我们甩了她很远一段距离，但是她依然玩得不亦乐乎。

后来我问她，你拍的那些有什么好看的啊，还是那里的湖和小船吸引力比较大。

她说路过花，路过草，我就先感受到了幸福啊，至于湖，至于小船，还要走上好远的一段路，我不能为了去追逐远方的风景，而错失了眼前的这些小美好啊。

当时，我觉得她好睿智啊，女神！

5

其实她的智慧远不止这些，单位里女同事多，经常听到比较，谁谁谁在北京买了房，谁谁谁在老家买了两套房啊，谁谁谁的老公挣多少钱啊，谁谁谁的孩子上了一所好学校啊。

我从来没有听到这位姐姐提起过她的家，也没有见到她有多么羡慕谁。而我另外一位女同事，凡是别人买了房买了车，就能看到她一阵不爽的样子，有时候话里话外都是讽刺的意味。

恰恰这位不声不响的姐姐才是过得最好的、最快乐的。

她说："过日子，如果总是盯着别人看，哪里会有尽头？比较来比较去的，就更没有意思，就算赢了也是输了。"

后来，我离开了那里，再之后听说她也辞职了，自己去办培训班去了。

一个不抱怨、不比较的人，我相信她在哪里都会过得很幸福。

6

幸福的人，到底幸福在哪里？其实不过是心态罢了。

他们比我们平和，比我们豁达，比我们睿智，能够看到眼前微小的幸福，踏实地过好自己的每一天，不去计较别人如何。

他们会鼓励自己的另一半，而不是刻薄地挖苦。

他们会努力地奋斗，尽管不知道什么时候能够成功。

很多人拥有比我们丰富的物质，却未必有我们这么快乐。

心态好了，能够及时地自我调整，你就过得好自己的日子。

请不要用你的好心，打扰我和我自己的天荒地老

1

有一天，我在大家都忙碌的高峰时间，去看了场电影，说来也真是任性，其实我只不过是那时刚好有空，并且刚好有心情。

当我走进放映厅，发现就我一个人时，我还以为自己走错了，又退出来确认一遍，没错啊，是这间，可是，里面只有空荡荡的座椅和已经亮起的屏幕。

我进去找到自己的位置，安心坐下。我想今天大概我一个人要包场了，正好可以体验一把一个人包场的感觉，应该很不错吧。

电影开场 10 分钟后，我正看得津津有味，来了一对情侣。那个女孩看到我，很惊讶地说："我还以为没有人呢！原来这里有个人。"

我选的位置不错。女孩毫不犹豫地拉着她男朋友坐在我旁边的位置上，继续对我发问："你一个人看电影不怕吗？不孤单吗？"

我笑着摇摇头，剧情正精彩，我不想多说话。

大概女孩的男友看出我一副不想搭理的样子，拉了拉她。女孩停止了发问。

后来，这场电影被我们三个包场了。

散场的时候，我正准备出去，女孩在背后叫我："姐姐，太佩服你了，一个人也敢来看电影。"她挽着男友的手，一脸幸福甜蜜。

语气里虽然有佩服，但是我却听出了一股怜悯的味道。她在可怜我没人陪呢。

我要是说前几年我喜欢一个人坐在深夜的影院里，静静地看一场电影，不知道会不会吓到她？但是看她这么甜蜜幸福，她是体会不到我那颗喜欢孤独的心了。

其实，我很想告诉她，比起你有人陪伴，我更喜欢我自己这样的状态。

终于可以一个人，安静地待一会儿，一个人跟着剧情，跟着男女主角的悲欢而悲欢，很好。一个人坐在空荡荡的影院里，空荡荡的空间里只有我一个人，还有那么多不会说话的椅子陪伴着我，有种窃喜感。

2

可惜，很多人理解不了我的这种喜欢孤单的风格。

就像很多人理解不了一个大龄剩女为什么还不嫁人一样。

我的闺蜜小洁，前段时间告诉我，现在她没事经常关机。

我问为什么，她说，烦了，厌倦了。动不动就要被老妈隔着千万里，遥控指挥我去相亲，好烦躁。

还有被周围热心的同事，打着为你好的幌子，介绍相亲对象，真是烦不胜烦。

小洁说，我就是喜欢一个人啊，这样很好啊。要是身边突然多了一个人，我也许还会不习惯。虽然我知道喜欢孤单有时候好像也是一种病，何况我还是属于病得不轻的那种。但是我就是乐意病着，千金难买我乐意啊。他们压根不理解我这种心情，沟通不了啊。是剩女又怎么了？那么多剩女，又不多我一个人。我只是还没有遇到我命中注定的那个人罢了，我都不慌，不知道他们慌什么？在他们看来，我很可怜，可是我却觉得自己很可爱。

听着小洁这么洒脱的话，我能体会她的心情。她乐意单身，就如同我现在越来越多的时候，乐意孤独一样。

都是属于自己隐秘的小快乐，可惜很多人理解不了。他们总是觉得我们这样很可怜。真的是这样吗？

一个人吃饭又不代表我没人爱，我不过是想一个人安静一会儿罢了；

一个人看电影也不代表我没人疼，不过是我喜欢那种空荡荡的感觉罢了；

一个人喝咖啡，不过是我喜欢一个人享受那种舒适的感觉

罢了;

一个人旅行，我不过是喜欢一个人行走在陌生城市，那种谁也不认识的感觉罢了……

可惜很多人不懂。他们总是以自己的好心，来揣测我们的孤单，觉得我们过得很不好的样子；却不知道，有时候孤单对我们而言，是一种别样的快乐。

3

我真的是年纪越大越喜欢孤单，尤其是有了孩子之后，孤单的时间太少，心灵积累的情绪垃圾太多，无处发泄，一直梗在心里，肿肿胀胀的，很难受。

所以，现在我很珍惜上下班路上孤单的时光，一个人也有别样的快乐。正好也可以安静地释放自己的情绪垃圾，这样回到家里，我才能以明媚的心情面对家人。

前几天，我看席慕蓉的散文，她说：

我只是喜欢在忙碌与紧迫的一天之后，在认真地扮演了种种角色之后，可以终于在灯下，终于在夜深人静的时刻，拂拭掉心上所有的尘埃，与另外一个自己静静地相对。

这是我最后的一个角落了。我亲爱的朋友们啊！我是不是可以继续保有着这一个并不常出现的角落？继续保有着这一个狭小而孤独的世界呢？

是不是，可以继续这样下去呢？

是的，席慕蓉所问的，也是我想问的，我真的很喜欢在深夜，或者一个人在路上，保有一方狭小而孤独的世界。在这方世界，我与自己为伴，与文字为伴，与音乐为伴。很平静，很快乐。

不知道有没有人也和我抱着一样的想法，在内心里悄悄地喜欢这种与孤单为伴的感觉。

4

我不知道你们有没有这样的时候，特别想把自己封闭起来，能够离人有多远就多远，能够藏多深就多深，不思不想，只求别人能够把我忘记。

那样的话，就能自己一个人静悄悄地，静悄悄地走路，或者发呆，没人打扰的感觉，真的很棒。

虽然这样的时刻不常有，可是偶尔有的时候，我就会很欢喜。满心的喜悦，迎接属于自己的寂寞时光。我很想，在那样的时光里，和我自己地老天荒。

那种感觉想想就很美好，只是真的很少有。

我们都是这个世界的人，有着逃不开的责任和义务。可是生活难免会让人累，让人烦。

这样的时候，就想找个角落，把自己藏起来。这样的时刻，不欢迎任何人打扰，也不需要被打扰，更不需要被同情。

只是希望得到朋友或亲人的理解和支持，给我足够的自由空间和时光。等我调整好了自己，又会活蹦乱跳地出现在大家面前。

　　这样岂不是更美好？

　　所以，我们不要打扰别人的孤单，也许那人真的和我一样，很享受这种孤单寂寞的时光呢。

突然就想去浪费钱、浪费时间、浪费生命

"五一"小长假后上班的第一天，好友艳子突然在朋友圈发了一句话：突然想去浪费钱、浪费时间、浪费生命……

我给她评论：赶紧去吧！

她让我和她一起去，我说，等我见到你的时候，可能你已经没有浪费的兴致了。

第二天一早，果然见她发消息：去浪费时间浪费生命了，配图是在路上行驶的车。

我知道她已经踏上她想去的旅程，开始了她的浪费之旅。

真好！

自从有了孩子，我都不知道多久没有这么奢侈地浪费过了，不管是浪费钱，还是浪费时间，抑或是浪费生命。

可是有时候会在某一个瞬间，就突然心血来潮，就想去流浪，去浪费些什么。

虽然浪费很可耻，但是谁规定了就不能偶尔这么奢侈地浪费一次呢？

我们总是说，等有时间，可是什么时候才能有时间呢？何况真的有时间的时候，经济未必是宽裕的，心境未必是最佳的。

总是不能十全十美，这就是人生。

昨晚收拾完家务，已经快要11点了，我突然就想坐在沙发上发会呆。

我都不知道我有多久没有好好发呆了，发呆也是一种给生命留白和减压的好方式。

我想起了很多人，想起了很多事，想起了很多旅程。

几年前在北京的时候，我们都没有孩子，要好的女友也还没有结婚。

我们经常念叨，抽个周末去北戴河吧，最好是周五翘班一天。那时候我们的考勤制度还不是太严格，每周要求必须坐班的时间，只有周一和周四两天，但是我们还是每天坚守岗位。

我们念叨了好几年，考勤越来越严格，最终因为这样那样的原因，还是没能成行。

我甚至都幻想过，我们在夏天去北戴河怎么玩，怎么吃，可是遗憾的是最终还是幻想。

反倒是有一年国庆假期，我和青蛙先生两个人去了北戴河。

网上订好了海边渔村的小旅馆，下火车了，旅馆还专门负责接人。一切都美好得不像话。

那是我最放松的一次旅程，除了沿着海岸线闲逛，还在海边的其他一些地方闲逛，这里看看，那里瞧瞧，边走边玩，有一天甚至玩到天黑找不到回去的路了，直接跟着一位渔民穿过黑漆漆的树林回到了住地。现在想想，那时候我们可真是胆大呢！

生命中，仿佛真的有大把的时间可以浪费。

可惜只有我和他，没有他们。

我最想的是和亲爱的朋友们一起浪费一次。

去年中秋假期，我和两个朋友倒是补上了一次浪费旅程，继续海边。

我总是喜欢海的，觉得山的风景其实都差不多，并且我懒，不想爬山。

只是，带着小孩，再也没有了那种真正的浪费和玩乐的兴致。

这就是时间带给我们的改变。

虽然还是可以浪费，但是心境全然不同。这也是一种遗憾吧。

人总是在不知不觉地成长，一回头，我已经中年。心智上其实并无多少改变，可是心境上却变了很多。

我总是羡慕那些能够突然决定了就去浪费的人的。或许是因为自己难以成行，所以总是羡慕和向往。

有位单身的好友，去年突然间觉得累了，找不到方向了，然后她一个人去了大理、香格里拉。

当她在客栈里喝茶看风景，给我发图片的时候，我觉得有时候浪费也是一种美好。

行走那么累，都市中的人，如你如我，每天那么忙，可是又忙了些什么？

到最后还是碌碌无为。这才是最可悲的吧。

我们为名为利为钱，拼了命，却忘记了活着还要享受生命。

只是享受有时候看起来是那么奢侈，很多人渐渐地随波逐流，忘记了自己的初衷。

我们用力跑，努力地跳，勤奋地工作，像一部机器，恋爱结婚，生儿育女，却在这个过程中，独独忘记了自己。

忘记了自己其实也需要释放，也需要停下来浪费点什么。

我们的身边充满了各种励志、努力、勤奋的心灵鸡汤，仿佛不努力，去浪费，就是一种错误，是可耻的。

可是真的是这样吗？

再美好的事物，如果得不到休息，得不到休整，持续成长也会无力。

人也是这样的。

所以，我始终坚持偶尔可以浪费，又不是天天这么奢侈地浪费。平时我们的弦已经绷得够紧了，偶尔浪费一次又算什么呢？

只要你还有愿意去浪费的心情，就说明你还是年轻的。

如果有一天，你连这种愿意去浪费的心情都没有了，那说明你真的老了，并且是可悲、庸俗地老了。

　　人年纪越大，越会明白很多事情身不由己。就像我，很想去浪费，但是却有太多的放不下。

　　如果有一天，你有了去浪费的兴致，愿意暂时抛开一切，愿意尽情地去浪费，那么就好好地浪费吧。

　　虽然光阴可贵，但是好心情和放松的生活模式，在这个浮躁的社会更可贵。

　　唯愿有一天，回首往事，我们还能记得出发的初心。

　　唯愿有一天，回首生活，我们还能轻松地笑着面对。

世界那么好，只有心安才能看见

清明长假的第一天，好友生病了，她老公开车带她出去看病，结果走到一半，发现车子熄火打不着了，后来发现是电瓶的问题，要送去保养。

朋友分析说，这一个事件是她老公负面状态的连环反应。

她老公前一天从外地回来的时候，因为走得匆忙，把钱包还有所有的证件、银行卡都丢了。他怀揣仅有的几十块钱，总算在晚上平安到了家，然后是各种银行卡挂失。心浮气躁的，把新买的小茶壶把儿也不小心弄断了。

第二天他去车库开车，好不容易打着火了，半路上又出了问题。

一连串的事儿，她老公的脾气也被点燃了。

好友说，经由此事，她得出的结论是：生活要淡定，不能乱了自己的气场，一个人要是气场乱了，各种不顺就会接踵而来。

心境决定人的状态。

心情好，一切都顺利；

心不安，一切都乱。

这个世界从来不会按照我们喜欢的样子来，我们活着，行走着，要应付各种突发的意外的状况。最重要的是心劲儿，心若是不安，再好的风景也欣赏不了，再好的食物也品尝不出来滋味，再好的生活也感受不到。

就像我的好友总结的，整个人的气场也会大乱。

去年年底，我的乳房有一阵子很疼。

那段时间，我忙工作，忙公众号，还要抽时间阅读，要陪孩子。虽然有婆婆帮我们分担了很多家务，但是我还是大把地掉头发，工作平台的公众号那段时间涨粉也不理想。我整个人焦灼不安，内心积聚了很多抑郁之气。

乳房也开始疼痛，刚开始我没有留意。后来持续了两周，每天都疼，我才开始慌了。

没有当妈妈之前，我怎么样都可以，但是有了女儿，我很爱惜自己。

那样的症状，让我很害怕。我不断地上网查资料，对比别人的症状和自己的区别。

我自己不舒服，偏巧婆婆那段时间嗓子也出了问题，一直打针吃药，持续了两个月也不见好。

趁个周末，我再次陪婆婆去医院，等待的空当，我决定也给自己做个检查。排队的过程中，我很惶恐，感觉到心突突地跳。

直到医生检查完告诉我说没事，只是乳腺增生，没有什么问题，我的心才放了下来。

后来拿着 B 超单子，等待给医生看结果的时候，我大概是心安了，知道给医生看无非是走个过场。这时候，我才发现，早晨没有吃饭，很饿。先前一直在怀疑和否定中，心不安，根本就关注不到自己的身体状况，连饥饿也不知道。

我买了一杯酸奶，安心地坐在椅子上等待，时而喝一口，听着隔壁的几个年轻的男医生聊天，说他们买的房子怎么涨价，听得津津有味的。

刚开始的时候，排队等医生开单子的时候，我哪里有这样的心境？

就算有一朵我最喜欢的花摆在我面前，我大概也不会关注它吧。

说到底，当烦扰我的事情远去的时候，心安之后的我，才有多余的力气欣赏周围的风景，感受生活中的点点滴滴的美好。

写到这里，我也想起来另外一件关于心安的事情。

当初一个朋友，想要举债买房子，她老公问她：我们明明就没有这个能力买房子，你干吗非要借这么多钱，我们什么时候才能还得上啊？

朋友说：为了我的心安。

女人好像到了一定的年纪，尤其是准备结婚，或者怀孕了，有了孩子，对于房子就特别执着。男人有时候根本理解不了我们的思维。

朋友说的心安，我真的能够理解。

漂泊了那么久，自己过得这么辛苦，实在是不想以后孩子跟着我们一起折腾了。

这大概就是所谓的安定感。女人的母性决定了她们比男人更需要这种安定感。

记得当初我们在武汉买房子，第一次回来看到湖边的房子，我就觉得莫名地安心，继而奋斗也有了力量。

怀孕后期，我挺着大肚子，一路折腾回了武汉，终于住进了自己的小窝时，那一晚上，特别安宁、安心。真的，连带着那日的风，我都觉得是舒服的、温柔的，没有来由地喜欢和快乐。夜晚开着窗子，我还听到了久违的蛙鸣，早晨还在睡梦中，就听到了鸟鸣。

一切鸟语花香，也是在我心安之后，才感觉到的。

之前的日子多是动荡不安的，四处漂泊，一场又一场跋涉，都看不到黎明的光。

当我终于回归，心突然就安定了下来。也有很多的闲情，去感受小区每一点滴的美。因为那是我以后要生活的地方。

我的好友春春，在外漂泊了好几年，和她老公一起回了老家的小县城，两个人开了一家烘焙坊。

日常她朋友圈所发的都是她做出来的美味糕点，还有她养的花儿今天又开了，明天出门又见到了什么风景。一朵小花，一点小小的惊喜，都能让她快乐。

每次和我聊天，她传达的都是满满的正能量，让我怎么能不喜欢她呢？

相比很多从大城市回到小县城就适应不了的人来说，春春则没有这样的反弹。

她说，能够陪伴着孩子成长，能够经常回去看父母，能够和相爱的人在不忙的日子，一起开车出去兜风，还有什么比这更美好的日子呢？

相比较前几年，她把孩子放在老家，每次离别的时候，撕心裂肺地痛哭；看着父母日渐老去，自己有心无力，那种无力的感觉，真的太难受了。

现在的一切都很美好，家人和孩子都在自己身边，还有什么比这更幸福呢？

我想这就是她安定后最美好的姿态吧。

一个人心的状态，就是他自己的状态。

心安，世间一切皆安；心快乐，世间一切皆快乐。

也许是真正地步入了中年，年轻的心经过生活的浮浮沉沉后，我更加明白心安的力量。

顾城有一首很著名的诗——《门前》：

我多么希望，有一个门口

早晨，阳光照在草上

我们站着

扶着自己的门扇

门很低，但太阳是明亮的

草在结它的种子

风在摇它的叶子

我们站着，不说话

就十分美好

有门，不用开开

是我们的，就十分美好

我特别喜欢这句：草在结它的种子 / 风在摇它的叶子 / 我们站着，不说话 / 就十分美好。这句话，大概也是一种美好的心安吧。

只有心安，我们才会注意到这么美的风景，能够感受小草和风的动静。

倘若心乱，整个人跟着也乱了，是没有心境来感受这一切的。

世界那么好，只有心安才能看见。

愿我们都是那个心安的人。

踏着自己的节奏，你才会越过越从容

有个喜欢写作的朋友找我聊天，说她受不了了，最近被自己搅得各种憋屈郁闷。

问及原因，朋友说自己很喜欢业余写点东西，但是写来写去，发现自己没有多少进步。她就想着去网上寻找各路大咖的写作方法，听了好几个大咖的课程后，她反而更加迷茫了。

因为接受的东西越多，她反而越不知道哪一种才是适合自己的，最后弄得自己心浮气躁的。

心浮气躁的结果就是她连自己擅长的都写不好了，有点缩手缩脚的感觉。

写完，按照那些大师的方法，检查一遍，发现自己的文章各种问题，各种漏洞，她也越来越不自信。

听了朋友的事情，我也明白了她的问题。

因为我也曾经有过这样的时期。有段时间，我想提高阅读速度，于是到处寻找提高阅读速度的方法，结果按照别人教的，我反而不会读书了。

　　每个名家，都有适合他们自己的方式，都有自己的优点。看了他们的那么多优点，我反而无所适从了。并且，他们的方法套在我身上并不适用啊！

　　然后我开始看到书就烦躁，最后我也不知道怎样提高自己的阅读速度和效率。每个名家的话都是那么有道理，我不知道该如何取舍。

　　想按照这个人的方法，觉得那个人的好像也不错，人人都有道理，我不知道该如何做好。

　　不安困扰着我。最后还是青蛙先生点醒了我，他说：找到你自己的节奏，适合你自己的就是最好的；不要强求自己去追求速度，也许那些名家的方式，并不适合你。

　　后来我调整了很长一段时间，慢慢地才找到自己的节奏点，基本上和我原来的阅读习惯差不多，还是很慢。

　　而我也发现这种慢，随心随性，才是让我自己觉得舒服和快乐的方式。

　　给朋友说完我自己的感受，我想起了一个叫青儿的奇女子。她前段时间创造了3天拿下微信公众号原创标的奇迹。

　　曾经，我写了快一年都没拿到啊，后来还是仰仗着朋友的推荐，多了一些粉丝，才拿到了原创标。青儿的速度真是不可思议。

　　青儿的写作奇迹，源于她的用心，用心地消化老师讲的课程，然后找到适合自己的方法，用心地写。

那段时间，她甚至暂停了自己的生意，一门心思地做好这一件事情。虽然那个月她的营业额比以前稍有下降，但是她收获了另外一种方式的成功。

看完青儿的这个故事，我们就会发现，有时候认准一件事情，找到自己的方法，用心去做就好，不问结果，反而会收获最大的惊喜。

如果做每一件事情，还没开始就想着去寻找快速高效的方法，反而会打乱自己的节奏，扰乱自己的心智。明明进行得好好的事情，反而因为这种乱，最后进行不下去了。

当然，如果你的方法确实有问题，停下来学习更好的方法，然后快速前进也是没有问题的。前提是不能贪多，专心地用好一种方法。

阅读写作上是这样，生活上也是这样。

我的朋友莹莹是个不善于整理家务的女子，她的房间有些凌乱，客厅的沙发上也堆着很多衣服，看过的书都扔在床头。

自从她学习了极简生活和断舍离之后，也觉得自己要有所改变。

于是她尝试着整理了沙发和书柜，扔掉了柜子里的很多衣服还有鞋子以及配饰。

耗时一天多整理完，她看到自己的劳动成果确实心情愉悦。

结果当天晚上她想看书的时候，在床头找不到自己想看的那本书。第二天早晨，她习惯性去床头寻找自己要穿的衣服，结果衣服被她挂在衣架上。找一件配饰，找了好一会儿，才想起来自己分门别类地收藏在抽屉里了。

虽然这样的生活方式看似不错，但是只坚持了一天，莹莹就坚持不下去了。

她觉得自己更喜欢以前那种有点凌乱的放东西的方式，东西都在自己触手可及的地方，既方便了自己，又节约了时间。

所以她再也不仿照别人的方式了。不过她吸取了极简生活中那种不过度买买买的方式，买之前会思考一下，这件东西到底是不是自己真正喜欢的，如果是，就果断地买；如果不是，就果断舍弃。

后来莹莹对我说，她用了很长一段时间来摸索适合自己的方式。

并不一定要极简，要断舍离，更不需要照搬别人的经验方法，只要那种生活方式是让自己舒服的，就是最好的。

哪怕在别人的眼里，她的生活一塌糊涂，东西随手丢，家里凌乱不堪。但是她能够第一时间找到自己需要的东西，自己不觉得凌乱，这就很好。

有次我看咪蒙的文章，她写到同事去相亲，一个提倡极简生活的男人，口口声声教导别人不要去买纸、买多余的东西，说别人买买买是缺乏安全感的表现。结果他临走的时候，顺手带走了餐桌上一大叠纸巾。

看了让人想笑，但是却又忍不住沉思。

知乎上有人说：极简主义的定义各有不同，但前提假设是一致且固定的：你有稳定且足够的经济来源以维持"不简"的生活。如果你并不满足此前提假设，那么无论你的生活状态是否在形式上符合极简主义的框架，甚至无论你的心态是否调整到符合极简主义的心态，本质上都不是极简主义，而是穷。

我很赞同。

很多人提倡极简，提倡断舍离，都是盲目的。

最多觉得这是一种时下的流行观点，好像自己不这样做，就落后了。

可是比落后更严重的是，这种方式适合你吗？

很多人估计都没有考虑清楚，只是一味地盲从。

当然别人好的生活方式，确实有很多值得我们学习的地方，但是一定要记得：生活是由你自己决定的，喜欢适合就坚持，厌恶难受就改变。

我们不需要死搬硬套别人的方式，也不需要一下子接受很多种方法论。

不管是生活还是学习，把一种方法学到极致，把一件事做到极致，找到最适合自己的那种方式，最适合自己的节奏，就是成功。

最起码你可以心无旁骛，安定地向前走，而这本身就是一种进步。